"临川四梦"戏剧情境探赜

LINCHUANSIMENG
XIJUQINGJINGTANZE

宣晓晏 著

中国戏剧出版社
CHINA THEATRE PRESS

图书在版编目（CIP）数据

"临川四梦"戏剧情境探赜 / 宣晓晏著. -- 北京：中国戏剧出版社，2020.03
ISBN 978-7-104-04872-5

Ⅰ. ①临… Ⅱ. ①宣… Ⅲ. ①汤显祖（1550-1616）－戏剧文学－文学研究 Ⅳ. ①I207.37

中国版本图书馆CIP数据核字(2019)第209214号

"临川四梦"戏剧情境探赜

责任编辑： 肖　楠
项目统筹： 李　静
责任印制： 冯志强

出版发行：中国戏剧出版社
出 版 人：樊国宾
社　　址：北京市西城区天宁寺前街2号国家音乐产业基地L座
邮　　编：100055
网　　址：www.theatrebook.cn
电　　话：010-63385980（总编室）
传　　真：010-63383910（发行部）

读者服务：010-63381560
邮购地址：北京市西城区天宁寺前街2号国家音乐产业基地L座

印　　刷：鑫海达（天津）印务有限公司
开　　本：787mm×1092mm　1/16
印　　张：11.5
字　　数：170千字
版　　次：2020年03月　北京第1版第1次印刷
书　　号：ISBN 978-7-104-04872-5
定　　价：58.00元

版权专有，违者必究；如有质量问题，请与出版社联系调换。

序　言

　　这本论著研究的对象是我国戏曲名家汤显祖的戏曲作品"临川四梦"。以谭霈生先生的戏剧情境学说作为理论依据，从戏剧艺术本体入手，深入作品人物内在的情感生命，阐明其内在生命的价值，从而对"临川四梦"做出新的阐释，并从较为新颖的角度总结了汤显祖作品的艺术形式的特征。

　　这本论著是宣晓晏在博士论文的基础上，经过认真的修改和调整后完成的。中国当代著名的戏剧理论家、中央戏剧学院的谭霈生教授是宣晓晏的博士生导师，也是我的博士生导师。我又是宣晓晏的硕士生导师。当宣晓晏请我为她的这本书写序的时候，我应允了，主要原因是我与晓晏十年的师生情缘。从本科到硕士到博士，宣晓晏在中戏学习了十年。这十年，我一直是她口中的"敏老师"，她一直是我第一次见到的那个"晓晏"。虽然，现在，她已不再是常青藤下那个经常缠着我诉说各种心事的小丫头了，但我依然是她许多小秘密的最主要分享者。当然，答应她的最主要的原因不仅仅是这些。宣晓晏在撰写博士论文的过程中，一直和我有交流，对她的整个思考以及写作的过程我都比较熟悉。在立足戏剧本体的基础上，对戏剧作品做深入而具体的分析和判断，是谭先生一直要求我们的。在多年的科研和教学实践中，我也一直谨记教诲，从中受益良多。我以为，这是迈进戏剧基础理论研究大门必须通过的一关。宣晓晏的这本书就是在立足戏剧本体的基础上，对汤显祖的戏曲作品"临川四梦"进行的深细探研。

2007年，谭霈生教授的《谭霈生文集》(1至6卷)荣获"北京市第九届哲学社会科学优秀成果奖"特等奖。评委会对《谭霈生文集》给予了极高的评价，认为：该文集最大的特点在于，它所建构的理论体系不是以西方固有的戏剧理论为出发点，而是站在我国戏剧艺术的发展轨迹上进行的具有卓越贡献的全新创造。仅此一点，就可以使其具有当今戏剧理论界最为杰出的高点。文集不仅在理论上，更重要的是在实践上，为我国戏剧剧本创作界提供了具有特色性的结合点。此外，在对戏剧经典作品的解读方面，也为戏剧学范围后来的研究者，提供了最为扎实的基础。

谭霈生先生的理论研究的对象主要是话剧。在中国，戏剧的指称有狭义和广义之分，狭义的戏剧指的是话剧，广义的戏剧则包含了戏曲。话剧是一种舶自西方的舞台演出样式，19世纪末传入中国。话剧自诞生之日起，就包含着两个层面意义上的存在：一是以剧本、演剧的形式存在，一是以理论批评的形式存在。二者几乎是同时起步的，后者虽然是依据前者存在，但后一种存在方式更为重要，特别是占据主流地位的理论批评。因为，当戏剧作品被创作出来之后，其现实的生命就存在于人们的评论之中，主流的戏剧评论往往会以其强大的势力，构筑起一个特定的"欣赏范式"，左右和影响人们鉴赏、创作和评论。作为艺术样式中的一种，戏剧理应拥有自己的研究对象和作为艺术本体的独立品格。但由于特定的时代使然，中国的话剧自诞生之日始，以社会学、政治学的视角以及以文学的研究方式来分析和评判戏剧作品，一直是中国戏剧理论界的主流。直到谭霈生以"情境"为核心的戏剧理论体系的出现，"情境说"理论使人们真正开始从戏剧艺术的自身来认识戏剧、把握戏剧。"情境"是戏剧的本质，这是谭霈生先生"情境说"最为核心的观点。在谭霈生之前，中外戏剧理论家没有人提出过这样的说法。而在中国的戏剧界,这个说法,也让人们第一次发现,作为艺术的戏剧原来应该是这样的。所以,在颁奖词里,评委们才说,这是谭霈生先生的"具有卓越贡献的全新创造"。它不仅为创作者,"也为戏剧学范围后来的研究者,提供了最为扎实的基础"。宣晓晏的这本书就是建立在谭霈生的"情境说"理论基础上的。

汤显祖是中国的戏曲名家,"临川四梦"是其杰出创作的代表。在中国的戏剧理论界,对于汤显祖的创作思想及其作品的研究不在少数,研究的角度和方法也异彩纷呈。但是,囿于戏剧理论界长期以来的"欣赏范式"的影响,真正立足本体,从形式结构的角度对其做出解读的理论批评乏善可陈。而以情境为基点,从戏剧艺术的本体层面观照"临川四梦"文本,以"情境说"理论体系为支撑,对汤显祖的代表作进行重新阐释和解读,宣晓晏是第一人。人们把研究汤显祖的理论和批评概称为"汤学"。这本论著可以说是在"汤学"的研究领域开启了一个新的视角,拓开了一个新的维度。

尽管,话剧和戏曲是两种不同的舞台演出样式。但同为戏剧艺术,它们的创作宗旨是一致的,即通过演员在具体场面中的动作塑造独特的、丰富而生动的舞台形象,从而传达创作者的独特情感。二者的主要不同在于动作的特性。谭霈生先生以情境为核心的戏剧创作逻辑模式依然适用于戏曲。汤显祖文艺思想的核心是"情",创作者如何利用独特的情境,创造出具体丰富的形象,从而传达自己对"情"的感受和体验,是宣晓晏这本论著集中解决的问题。论著把"情境说"理论运用于戏曲艺术规律的研究,从戏剧与戏曲的共同形式手段——动作和共同结构基础——场面,进行两者"同质性"的论证。在论证的过程中,论点明晰,资料详实,逻辑严密,表达到位,在关键问题的探讨上取得了一定的突破。

谭霈生先生曾经说过,做戏剧基础理论研究的人,需要具备两个基本的能力:一是对具体作品能感性解读的能力;二是对理论问题能综合概括的能力。宣晓晏一直是一个特别感性的孩子，喜欢天马行空的想象，喜欢戏剧创作，因此也写了不少剧本。在硕士学习阶段，因为过于偏重对具体作品的感性体验，所以，碰到一些需要靠逻辑思维能力解决的理论问题时，常常被我批评"拧不起来"。三年的博士学习，使她终于能把许多理论问题"拧起来"，思路也变得相对清晰。当然，这一切并不影响她对作品的感性体验。相反，她在感受能力上的优长，使得她的理论论证更加地扎实和丰富。论著着重对"临川四梦"中表现人物生命激情的独特手段进行分析，在对具体场面的动作的分析过程中，对杜丽娘、霍小玉、淳于棼和卢生等人物形象及内在生命情感的分析和阐释，是这本论著最为精彩之处。当然，论著的不足也与此有关，偶尔分析高兴了，会忽略回到理论本身。但就总体而言，瑕不掩瑜。

学有涯而知无涯。从某种意义上讲，这本论著只是晓晏一段学习生涯结束的总结。戏剧是创造美的一门艺术，感性生命的博大精深值得我们穷尽一生去探索。能够创造美、研究美，于我们而言，是一种幸福。希望晓晏能从这里出发，执着地、坚定不移地迈向更美好的未来。

陈　敏

目 录

序　言 ………………………………………………… 01

总　论

第一节　汤显祖的戏剧观念 ………………………… 005
第二节　"戏剧情境"理论概说 …………………… 012
第三节　"戏剧"与"戏曲"的同质性 …………… 016

第一章　《紫钗记》剧作情境分析

第一节　霍小玉的"至情"形象 …………………… 062
第二节　李益形象的矛盾性 ………………………… 072

第二章　《牡丹亭》剧作情境分析

第一节　杜丽娘的内心欲求 ………………………… 085
第二节　杜丽娘的自我本真 ………………………… 092
第三节　双面杜丽娘 ………………………………… 108

第三章 《南柯记》剧作情境分析

第一节 南柯一"梦"的构成 …………………… 116
第二节 梦中世界的自我实现 …………………… 125
第三节 情了梦断的无途之路 …………………… 136

第四章 《邯郸记》剧作情境分析

第一节 建功名 …………………………………… 151
第二节 历磨难 …………………………………… 156
第三节 享富贵 …………………………………… 161

结　　语 ……………………………………………… 167

参考文献 ……………………………………………… 169

后　　记 ……………………………………………… 171

总论

总　论

关于汤显祖的研究可谓汗牛充栋，对其戏曲代表作品"临川四梦"的研究也早已有了无数优秀成果，纵观这些研究，大多围绕探索作品的主题思想、创作者的人生态度、审美意识、艺术风格、创作心态等方面，几乎对汤显祖及其作品做了全方位的讨论。

在文本研究方面，自20世纪上半叶以来，大体上继承着明清时期制曲度曲、曲词鉴赏、考辨本事的传统。以王国维、吴梅、王季烈、卢前、俞平伯、郑振铎、赵景深、张友鸾等人为代表，缺少研究观念的更新，也缺乏深入的理论探索。20世纪后半叶的"汤学"研究深受极左思潮与庸俗社会学的影响，一直到70年代末期以后，才重新获得发展与完善，近几十年来诞生了一大批研究成果，包括20世纪八九十年代黄芝冈的《汤显祖编年评传》，徐朔方的《汤显祖年谱》《论汤显祖及其他》《汤显祖评传》和《汤显祖全集》，黄文锡和吴凤雏的《汤显祖传》，毛效同的《汤显祖研究资料汇编》，江西省文学艺术研究所的《汤显祖研究论文集》，龚重谟等的《汤显祖传》，周育德的《汤显祖论稿》，徐扶明的《牡丹亭研究资料考释》和《汤显祖与〈牡丹亭〉》，项兆丰的《汤显祖遂昌诗文全编》，邹元江的《汤显祖的情与梦》等。21世纪以来则诞生了邹自振的《汤显祖综论》和《汤显祖与玉茗四梦》，《汤显祖研究在遂昌——中国汤显祖研究会首届年会论文集》，李晓和金文京的《〈邯郸记〉校注》，周育德和邹元江主编的《汤显祖新论》，程芸的《汤显祖与晚明戏曲的嬗变》，程林辉的《汤显祖思想研究》，杨安邦的《汤显祖的交游与戏曲研究》等研究成果。还有大量的针对个别具体问题的研究论文。此外，中国港台地区、国外也诞生了不少"汤学"的新的研究成果。纵观这些成果，包含了关于汤显祖的方方面面，尤其是从其诗文、戏曲作品中探讨了明代具体的社会、政治、文化情况，通过陈述具体历史材料，发掘汤显祖表述中包含的人生、文化意义诸问题。研究的路径得到极大拓宽，视野也更加广阔、深邃。

中国戏剧艺术——戏曲作为世界戏剧艺术的一部分，有其独特性，针对戏曲艺术的研究也有其传统的视角和方法，随着近三十年以来学术视野的拓展，也诞生了一些新的研究角度与理论方法，但是，无论如何，从戏剧艺术的本体，从最基础最根本的层面去观照"临川四梦"，始终是一种值得尝试的探索，而这恰恰是汤显祖戏曲作品研究的薄弱环节。无论是剧作法还是情境特殊性的研究，基本上还处于真空状态。"临川四梦"的文本研究需要以"情境"学说作为全新的理论视野，从戏剧本体的意义上重新阐释、解读，在"汤学"研究领域开启一个新的维度，因而具有重要的探索意义。

"临川四梦"作为汤显祖诗文曲艺创作整体的一个部分，在一定程度上反映了其思想倾向与艺术旨趣。将其戏曲作品单独作为一个研究对象，并不是要割裂与其思想内涵和时代思潮的有机联系，而是特从艺术形式角度进入其情感心灵世界，从形式特征上把握汤显祖戏剧艺术的精妙所在。

第一节 汤显祖的戏剧观念

"言情"是汤显祖文艺思想的核心。在有明一代,尤其在万历朝的戏曲艺术界,汤显祖首先举起"言情"的旗帜,发出疾呼。在诗坛和文坛上,汤显祖也高举着"言情"的旗号,广开一代文风。在他的探讨戏曲艺术的重要文献《宜黄县戏神清源师庙记》中,汤显祖开首就宣称:"人生而有情。"[1]这一句掷地有声的宣言充分宣告了"情"是与生俱来的,是天然并且合理的存在。一切文艺,包括诗歌、音乐、舞蹈,无不是"情"的产儿。他说:

> 人生而有情。思欢怒愁,感于幽微,流乎啸歌,形诸动摇。或一望而尽,或积日而不能自休。盖自凤凰鸟兽以至巴渝夷鬼,无不能舞能歌,以灵机自相转活,而况吾人。[2]

汤显祖指出,情感是人的自然秉性,因为有了情感,人就必然会歌舞吟咏来进行抒发,从而生发出了艺术。并且

> 世总为情,情生诗歌,而行于神。天下之声音笑貌,大小生死,

---
[1] 汤显祖:《汤显祖全集》卷三四,徐朔方笺校,北京古籍出版社1999年版,第1188页。
[2] 同上书。

不出乎是。因以澹荡人意，欢乐舞蹈。①

所谓的"世总为情"，就是认为人伦事物都是以"情"主宰的，"情"是人的本性。而"情生诗歌"是认为"诗歌"（一切文艺）由"情"而生，是人的思念、欢乐、怒怨和愁苦等各种情感需要宣泄的结果（澹荡人意）。

汤显祖以"言情"作为自己进行文艺和戏曲创作的基本态度，他曾明确声称自己写戏是"为情作使"，创作《牡丹亭》也只因是"世间只有情难诉"；写《南柯记》时亦为"有情歌酒莫教停，看取无情虫蚁，也关情"，"千场影戏一点情"，真可谓"为一切有情物说法"。

一、"情至"文艺观

汤显祖在其论述中反复强调的"情"，是一个极为复杂的概念，在不同的上下文和不同情境中，"情"所指称的内容各有所指。在《青莲阁记》中有"世有有'情'之天下"，这里的情，指的是才情；在《调象庵集序》中有"有所不能忘者，盖其'情'也"，这里的情，指的是一般人情；在《耳伯麻姑游诗序》中有"'情'生诗歌"，这里指的是情志；在《临川县古永安寺复寺田记》中有"缘境起'情'"，指的则是情趣；在《哭娄江女子二首·序》中有"'情'之于人甚哉"，指的是情思；而《庙记》中有"舞蹈者不知'情'之所自来"，指的则是激情。其他尚有"道情""文情""交情"等提法，不一而足。②因而，汤显祖笔下的"情"的概念，有时是生活化的一般用语，有时则是理论阐释上的用语。从哲学层面上讲，"情是思想"，指称主观上的思想、意念，但如果从戏剧艺术这一具体角度来看，"情"则指代意欲、愿望、志向等。

---

① 汤显祖：《汤显祖全集》卷三一，徐朔方笺校，北京古籍出版社1999年版，第1110页。
② 叶长海：《汤显祖的戏曲理论》，《戏剧艺术》1983年第1期。

在"临川四梦"中,"情"不局限于我们在剧本中看到的男女之情、对仕途功名的渴望之情等,它还包含了人物的主观情感,是人物的主观情感在客观世界的桎梏中的表达。这种人物的主观情感表现在一个深居闺阁却心底怀春的少女身上时,它就是对美好爱情的追求与向往,而当它表现在一个怀才不遇却心怀大志的读书人身上时,"情"在这里就又表现成对仕途和功名的渴望之情。可以看到,它是随着人物不同的人生境遇而表现出不同的样态。甚至如卢生、淳于棼等,在梦醒后对出世的渴望,仍然包含在这个"情"字当中,依旧是主观情感占据绝对主导地位。这就是汤显祖情至思想下所塑造的人物形象特点,只有在任何时候任何情境下都能打破客观存在的,才是真正的"情至"。

汤显祖戏曲作品中的"情",包含着人的一切自然的情感和欲望。人情之所至,可以超乎生死,超乎时间与空间,具有不朽的意义。汤显祖在《〈牡丹亭记题词〉》中声明:"情不知所起,一往而深,生可以死,死可以生。生而不可与死,死而不可复生者,皆非情之至也。"因而,"言情"成为汤显祖文艺观念最为鲜明的特质。汤显祖的戏剧美学主张,正是建立在他"情至论"的诗学主张基础上的。汤显祖认为戏曲艺术具有对于古今天地、人生世事、现实与超现实的无限表现力:

> 奇哉清源师,演古先神圣八能千唱之节,而为此道。初止爨弄参鹘,后稍为末泥三姑旦杂剧传奇。长者折至半百,短者折才四耳。生天生地生鬼生神,极人物之万途,攒古今之千变。一勾栏之上,几色目之中,无不纡徐焕眩,顿挫徘徊。恍然如见千秋之人,发梦中之事。①

---

① 汤显祖:《汤显祖全集》卷三四,徐朔方笺校,北京古籍出版社1999年版,第1188页。

在古典文论史上，将"情"作为创作的动因，并不是从汤显祖开始的，而是有着源远流长的承袭关系。早在春秋时，《乐记》就提出了"情动于中，故形于声，声成文谓之音"，这大概是对于"情"和文艺之间关系的最早论述。到魏晋时期，陆机提出"诗缘情而绮靡"这一命题，对后世产生了重大的影响。应者如刘勰的"以情造文""夫缀文者情动而辞发，观文者披文以入情"；钟嵘的"吟咏情性"；皎然的"诗缘情境发"及其"天与共性，真于情性"；以及司空图论诗歌创作为"情性所至，妙不自寻"；严羽的"诗者，吟咏情性也"；李贽的"盖声色之来，发于情性，由乎自然"及其著名的"童心说"，以上所列无不传承于"诗缘情"的古典诗文创作与批评的理论体系。汤显祖的"情生诗歌"一脉相承。① 然则，汤显祖的"情生诗歌"，是以"世总为情""人生而有情"这一"情"的世界观为前提的，是其哲学思想的"情"在艺术思想上的反映。因此，他的"情"的内涵要比陆机等的更为丰富深刻。汤显祖还有如下几段对"情"的重要论述：

> 情有者理必无，理有者情必无，真是一刀两断语。②
> 世有有情之天下，有有法之天下……今天下大致灭才情而尊吏法。③

这表明汤显祖的"情"既与正统程朱理、性之学相对立，又与世俗的宗法制度相抗衡。他的"情"的含义宽泛，包括男女情爱，世俗人情、才情，一般人的情感，而其核心意义是其哲学思想的"欲情"，体现了对程朱理学"存天理，去人欲"的反拨。

---

① 龚重谟：《汤显祖戏曲创作主张》，《江西社会科学》1992 年第 1 期。
② 汤显祖：《汤显祖诗文集·寄达观》，上海古籍出版社 1982 年版，第 1268 页。
③ 汤显祖：《汤显祖诗文集·青莲阁记》，上海古籍出版社 1982 年版，第 1112 页。

另外,汤显祖在文学思想上与徐渭、李贽和袁宏道相近,极力反对"前后七子"的复古主张,提倡抒写性灵。但相对于前人单纯主张情感至上、唯情感表现论,汤显祖特别意识到情感所包含的丰富的人生和社会内涵。李贽、徐渭诸人论"情感",常常是将"情感"限定于自我个人;汤显祖虽主张作文须以"自如其意"为前提,也是将自我情感作为艺术表现的中心的,但是,他又认为,自我情感并不是艺术表现的全部,而是要真切自如地表现外在世界。①

在中国文化史上,汤显祖是最富有哲学气质的文学家之一。他十三岁即师事泰州学派的三传弟子罗汝芳,后来又非常敬仰被封建统治者视为"异端"的思想家李贽和名僧紫柏禅师(达观),并提出"情至说",以此肯定"情"是生活的客观规律,与主导当时社会和人们思想意识的"理"的儒学教义相对立。这种先进的哲学观点同复杂的政治斗争历程和丰富的社会经验融汇在一起,为他的创作活动奠定了深厚的思想基础和生活基础。

二、戏剧的功能

"尚情"和"传情"是汤显祖戏剧理论和创作的核心要旨。他指出,戏剧对受众的影响,根本上是情感的激发和感动,他说:

> 使天下之人无故而喜,无故而悲。或语或嘿,或鼓或疲,或端冕而听,或侧弁而咍,或窥观而笑,或市涌而排。乃至贵倨弛傲,贫啬争施。瞽者欲观,聋者欲听,哑者欲叹,跛者欲起。无情者可使有情,无声者可使有声。寂可使喧,喧可使寂,饥可使饱,醉可使醒,行可以留,卧可以兴。鄙者欲艳,顽者欲灵。②

---

① 肖鹰:《以梦达情——汤显祖戏剧美学论》,《文艺研究》2013 年第 8 期。
② 汤显祖:《汤显祖全集》卷三四,徐朔方笺校,北京古籍出版社 1999 年版,第 1188 页。

汤显祖认为戏曲艺术的力量是神奇的，在一方小小的舞台上，便能够使人在有限的几个角色的活动中"恍然如见千秋之人，发梦中之事。使天下之人无故而喜，无故而悲"。"乃至贵倨弛傲，贫啬争施。瞽者欲玩，聋者欲听，哑者欲叹，跛者欲起。""饥可使饱，醉可使醒，行可以留，卧可以兴。鄙者欲艳，顽者欲灵。"戏曲艺术之所以有如此奇妙的功能，原因就在于它能开启"人情之大窦"，畅快地宣泄人生诸情。因而，戏曲便具备了广泛而多面的社会教化功能。

> 可以合君臣之节，可以浃父子之恩，可以增长幼之睦，可以动夫妇之欢。可以发宾友之仪，可以释怨毒之结，可以已愁愤之疾，可以浑庸鄙之好。然则斯道也，孝子以事其亲，敬长而娱死；仁人以此奉其尊，享帝而事鬼。老者以此终，少者以此长。外户可以不闭，嗜欲可以少营。人有此声，家有此道，疫疠不作，天下和平。岂非以人情之大窦，为名教之至乐也哉？①

但汤显祖对戏曲的功能有自己的理解。以上部分论述似乎在做封建伦理的说教，汤显祖认为"情"是礼义的基础。"圣王治天下，情为之田，礼为之耜，而义为之种。"②离开了"田"，耜与种都将无所施其能；离开了"情"，所谓礼义也便成为空谈。汤显祖重视戏剧的情感影响力，要旨是重视戏剧的人文教化功能。他认为，正因为戏剧具有无限的情感表现力和情感影响力，所以它具有广泛的人文教化功能。他对戏剧高台教化的说法，"可以合君臣之节，可以浃父子之恩，可以增长幼之睦，可以动夫妇之欢"等，自然沿袭了传统道学的诗乐礼教的观念，但同时他又指出，戏曲"可以释怨毒之结，

---

① 汤显祖：《汤显祖全集》卷三四，徐朔方笺校，北京古籍出版社1999年版，第1188页。
② 同上书，第1177页。

可以已愁愤之疾，可以浑庸鄙之好"，这便超出了道学的教化说，肯定戏剧具有非道学教化的情感宣泄、娱乐等方面的功能，加深了人们对戏曲的意义的理解。

而元代戏剧家高明则借助《琵琶记》中人物宣称戏剧主旨时说：

> 今来古往，其间故事几多般。少甚佳人才子，也有神仙幽怪，琐碎不堪观。正是：不关风化体，纵好也徒然。论传奇，乐人易，动人难。知音君子，这般另做眼儿看。休论插科打诨，也不寻宫数调，只看子孝与妻贤。①

高明表达的是一个典型的道学戏剧主旨。与之相比，我们就明显看到，汤显祖虽然肯定戏剧诉求道学教化，但是他又指出戏剧的情感内涵和人文教化功能是超道学的。"岂非以人情之大窦，为名教之至乐也哉？"戏剧可以作为名教宣示的手段，但是，戏剧更是一个可以广纳人生无限情感的超现实的世界。就此而言，在看到汤显祖对道学教化理论的有限包容的同时，我们更应当意识到他对这种礼法教化原则的突破。

汤显祖不仅主张以表现真性至情为戏剧主旨，他也深知人生情感的丰富性和复杂性，尤其认识到情感与礼法、功利的冲突。对于他的戏剧表现情感，不是意味着自然直率的自我表现，而是要在现实超越的层面上寻求自由与艺术的平衡。

---

① 赵山林：《中国戏剧学通论》，安徽教育出版社，第657—658页。

第二节 "戏剧情境"理论概说

汤显祖是一座宝库,后人从中得到了极其丰富的启示。然而,跳出传统的研究视野,同时也跳出一般的文学研究范式,从戏剧艺术的本体探讨汤显祖的作品,却是前人研究的一大空白。将汤显祖的戏曲作品纳入世界戏剧艺术的基本规律中,从"情境"结构中辨析、解读其作品的各类形式要素,找出其特殊性所在,具有重要意义。"情境论"作为戏剧的本体形式理论,是进入戏剧文本世界甚至创作者心灵世界的钥匙,过往运用情境理论的研究注重于西方经典文本,对于本土戏剧作品的阐发尚处于初始阶段。以情境论进入、剖析、阐释汤显祖的"临川四梦",是探索作品丰富内涵的有益尝试。

"情境"学说是我国戏剧理论泰斗谭霈生先生总结前人戏剧情境理论,并结合现当代世界戏剧的演进所建构的系统理论学说。谭先生所提出的戏剧情境的逻辑模式、情境的表现形态、情境与戏剧构成要素之间的关系以及戏剧情境形态的嬗变等观念,极大地拓展、丰富了"情境"学说。[①] 并通过对情境说的阐释,重新确认了戏剧的本质与本体。

---

① 杨云峰:《谭霈生"戏剧情境"浅说》,《戏剧之家》2002年第2期。

学说提出，"戏剧情境"包含着三种因素：人物行动展开的具体环境、有定性的人物关系以及对人物生活发生影响的事件。谭先生指出，诸种因素之中，后两种因素更为重要，其中最有活力、最具有戏剧性的则是人物之间的特殊关系。这类关系并不是狄德罗所说的"家庭关系、职业关系和友敌关系"等，而是具有个性渗透并交互影响的各类特殊的情感关系。戏剧的模式就是命运的模式。就是说，戏剧是人的命运的具体形式结构，所以，离开情境就谈不上命运的形式。命运可以理解为人的发展变化趋势，决定个人命运的有多种因素，其中，人物个性提供了潜在的必然性。而这种潜在必然性转变为具体的现实性，则非依赖情境的降临及与之契合的人物个性不可。也就是说，情境为决定命运的潜在必然性提供了具体实现的形式。而剧作家要把握的逻辑则是：人物突然面临的情境作为一种刺激力和推动力，促使主体心理的各种构成因素交互作用，凝聚成具体的动机，并导致具体的行动与动作，人物的个性与情境的契合凝结成动机，导致了行动。

谭先生认为戏剧情境具有集中性、完整性的特征，对于每一个戏剧场面，都应以集中、完整的情境作为前提条件，其目的在于把人的生命活动的"最强烈的瞬间"定型化。同时，戏剧情境又具有有机性、运动性的特征。在戏剧作品中，情境运动与情节的发展是相互联系的，后者以前者为基础，前者往往融化于后者之中。戏剧情节的基本单位是戏剧场面，而每一个场面的存在，都以特定的情境为前提。如果对每一个场面的实体内容进行剖析，就会发现，它们都是在特定情境中处理动机与行动的关系。明确地说，特定的情境作用于人物产生特有的动机，而动机和行动的因果关系构成了场面的特有内容，戏剧情境的运动性，也正体现于场面与场面的转换与联结之中。

叙事作品具有相对较长的篇幅和自由度来叙述事件的来龙去脉、刻画人物的心路历程以及描述全部虚构世界的风貌；而戏剧则擅长通过场面来展示人物丰富、隐秘、深沉、多样的内心世界。由于舞台形式（时空）的有限性，要求戏剧必须尽可能通过动作来集中地完成展示。

　　戏剧一开场，人物就被置于一个诱发其展现生命中全部内在情感的情境中，在特定情境中，人物通过外显动作揭示出可供人们体验的感性逻辑。谭霈生先生论述道：

　　　　在戏剧中，动作是完全必要的；但是，仅仅凭借动作，我们甚至难以确认它的意义。在具体的作品中，任何一个动作（形体动作或语言动作），都必须与动作主体所置身于其中的特定情境联系起来，才可能生成意义。因此，戏剧作为一种特殊的形式结构，其基础还与情境有关。①

　　也就是说，在舞台上，戏剧人物需要依靠动作来表现他的内在生活，但动作的具体意义只有在具体情境中才能生成，而且只有在情境中，观众才能理解人物的言谈举止，体验到他们的情感活动。在《戏剧本体论》中，谭霈生先生提出了戏剧形式的逻辑模式：

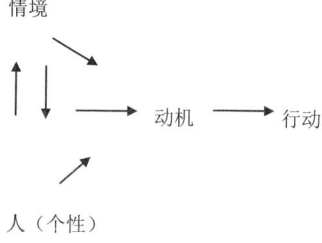

---

① 谭霈生：《谭霈生文集第六卷·戏剧本体论》，中国戏剧出版社2005年版，第7页。

具体地说：

> 人物突然面临的情境，作为一种刺激力和推动力，促使主体心理的各种构成要素交互作用，凝结成具体的动机——内驱力，并导致具体的行动。主体的每一个行动（具体化为"动作"）都有具体的动机，而动机又是在特定情境中凝结而成的。①

戏剧的本体形式构成便体现于这一逻辑模式中。具有感性丰富性的个体面对的情境，内心凝结起动机而驱动其行动。人物行动和动作来源于动机，人物的动机则由于情境降临而受到激发，个性与情境紧密契合。从动作的展示中我们可以体验、进入人物内心情感世界，从而体察创作主体内在而隐秘的表现目的。

这种凝练、集中的情节形式，只有与舞台条件相契合才会形成，观众只有观看舞台上展示的动作才可能感受到人物内心的深沉情感。在具体情境中，人物内心的深沉与隐秘才会有契机表现出来。于是，就把内容与形式统一起来。

---

① 谭霈生：《谭霈生文集第六卷·戏剧本体论》，中国戏剧出版社2005年版，第117页。

第三节 "戏剧"与"戏曲"的同质性

"情境"作为戏剧艺术的本体形式,令读者有了进入戏剧世界以及戏剧人物内心最深处的逻辑路径,也从整体上还原了剧作者的构思匠心。"情境学说"的理论指引,使我们在面对缤纷灿烂的戏剧作品时,具有超越的眼光去体验剧中人物深潜、隐晦的情感状态,挖掘创作者的内在旨趣。然而,面对中国的传统戏剧艺术形式——戏曲,情境理论是否依然适用呢?再进一步设问,戏曲艺术在多大程度上是与戏剧相通的?两者究竟具有哪些同质性?

戏剧与戏曲两个概念,以一般约定俗成的接受,有着界限分明的划分。这二者有着诸多迥异之处,但是,在最根本的层面上,却是相通的。亚里士多德已经明确指出戏剧结构的特殊原则:"它(悲剧)所摹仿的就只限于一个完整的行动"①,他强调说,"有人认为只要主人公是一个,情节就有整一性,其实不然;因为有许多事件——数不清的事件发生在一个人身上,其中一些是不能并成一桩事件的……"② 这种主张,与中国古代戏曲理论的主张是不谋而合的,即李渔关于"一人一事"的论述:

---

① 亚里士多德:《诗学》,罗念生译,上海人民出版社2005年版,第37页。
② 同上书。

> 一本戏中，有无数人名，究竟俱属陪宾，原其初心，止为一人而设。即此一人之身，自始至终，离合悲欢，中具无限情由，无穷关目，究竟俱属衍文，原其初心，又止为一事而设。此一人一事，即作传奇之主脑也。
>
> 荆刘拜杀之得传于后，止为一线到底，并无旁见侧出之情。三尺童子观演此剧，皆能了了于心，便便于口，以其始终无二事，贯串只一人也。①

在李渔看来，"始终无二事，贯串只一人"的结构原则正是戏曲作品对动作统一性的要求，"一人一事"的组织动作才能求得结构的统一与完整。大多戏曲作品，尤其是"临川四梦"，更为注重这一结构特性。虽然"一人一事"不是唯一的结构方式，但是，李渔也是从戏曲舞台的时空限制出发，默契地响应着亚里士多德对于戏剧艺术的深刻认识，其中的确说明了戏剧艺术在形式与结构两方面的真正问题。

既然是以"情境"理论来重新解读汤显祖的"临川四梦"，则必须要提出这样一些问题：从戏剧作品基础上建构起来的"情境"理论体系，是否适用于戏曲作品的解读？戏剧与戏曲在多大程度上是共通的？这要求我们从戏曲艺术本身所具有的特征去考量。我们并不涉及戏曲艺术本体问题的讨论，只是从戏曲的特殊样态出发，在结构样态的层面考察其与戏剧之间的异同，从而论证在这一层面上，"情境"理论是如何体现其效验的。

---

① 李渔：《闲情偶寄》，转引自《谭霈生文集第一卷·论戏剧性》，中国戏剧出版社2005年版，第278—279页。

一、戏曲艺术的动作样态

亚里士多德指出悲剧的摹仿对象是"行动",摹仿的方式则是人物的动作。"动作"作为摹仿的方式,除了区别史诗的摹仿方式(叙述法)之外,也道出了戏剧的基本特性——"动作是支配戏剧的法律"。"有人说,这些作品所以称为 drama,就因为是借人物的动作来摹仿。"① 罗念生先生注明:希腊文 drama(即戏剧)一词源出 dran,含有"动作"的意思,所谓"动作",指演员的表演。然而,表演的"动作"并不仅仅是一般认识中的演员外在样态,"戏剧动作"有着更为丰富的含义。谭霈生先生指出,戏剧动作的特性之一是具有艺术的直观性,

> 任何一种具有直观性的动作成分,同时必须具有非直观的揭示性;也就是说,直接作用于观众视觉和听觉的动作,应该而且必须能揭示人物非直观的心理内容。②

人物的动作同时具有直观性和揭示性的双重属性,外在动作与内心活动二者不可割裂,这才是"戏剧动作"的真义所在。例如在曹禺先生改编的同名小说《家》的剧本第三幕结尾处,陈姨太借口所谓的"血光之灾",要求瑞珏迁到城外去分娩,当时在场的人有的随声附和,有的虽不以为然,但也只好同意。最后轮到觉新、瑞珏表态:

陈　　(阴沉)大少爷?
新　　(望一望低着头的瑞珏,转对克明,苦痛地)三爷,您
　　　看——(克明毫无勇气地低下头来。新转对周)母亲,

---

① 亚理斯多德:《诗学》,罗念生译,人民文学出版社1962年版,第9页。
② 谭霈生:《谭霈生文集第一卷·论戏剧性》,中国戏剧出版社2005年版,第352页。

>   您——（周氏用手帕擦着眼角。新缓缓转头，哀视着瑞珏——）
> 珏　　（哀痛中抚慰着觉新）不要着急，明轩。（对陈姨太，沉静地）我就搬。（转对周氏）城外总可以找，找着房子的。

觉新"望一望"瑞珏，无助地想要恳求克明能说句话，克明怯懦地低头回避了，觉新又只得转向母亲，也没有得到支援，只能"缓缓转头，哀视瑞珏"，多少心酸与委屈都蕴藏在这几个简单的动作中。瑞珏则温柔地抚慰觉新，沉静应答。从觉新和瑞珏这一系列的直观动作中，揭示的是他们隐忍、委屈、无奈的复杂心理活动，在具体情境中传递给观众和读者去感受。

动作"起源于心灵"，任何直观动作必须具有揭示非直观心理内容的作用，心理动作成为戏剧动作的最终导向，一切外部动作都是为揭示心理动作服务的，戏剧性从根本上来说就是心理—动作性。所谓外部动作、言语动作甚至静止动作，无不是为了表现人物的内心活动。内心的动作才是含蓄深远而令人回味的。

然而，在戏曲艺术中，是否也存在这样的戏剧性呢？毫无疑问，无论从外部形态还是内心活动，戏曲作品中也比比皆是。我们不妨从戏曲艺术实现的形式手段中，仔细考察一番。

暂不论戏曲的本质或本体问题，我们单纯从戏曲艺术的最终实现形式，即演员的舞台表演出发，可以清晰、直观地看到，戏曲演员是运用"唱、念、做、打"四种手段完成舞台表演的。这四种手段本质上是演员出于扮演、塑造角色的需要，以剧中人物的身份完成的一系列动作。做和打是外部形态鲜明的表演动作，念白要特殊一些，其中有交代过场的叙述，也有人物之间的往来对话。唱则是宣泄剧中人物的心声，虽然多数情况下是典雅、华丽的曲辞，也属于"诗歌"一脉，但是，在优秀的戏曲作品中，恰恰是唱词才最大限度地抒发了角色的胸臆，是强烈的情感表现和心理活动外化，类似于莎士比亚剧作中的"独白"。

我们先看"做"和"打"。"做"是舞蹈化的舞台动作，具有特定的程式，演员通过手、脚、眼、身、步以及髯口、翎子、甩发或水袖等服装道具，按照特定的性格、年龄、身份进行戏曲舞蹈表演，表现剧中人物的情感情绪状态，塑造特定的形象。在戏曲文本中以某某"介"为提示。"打"则是武打和翻跌的杂技技巧，将格斗、战争等动作集中提炼到一个场面中，兼具舞蹈与武术的艺术样态，是谓"武戏"，可以起到烘托舞台演出气氛、调动观众感官的作用。我们试看《南柯记》第三十出《帅北》，淳于棼的好友，南柯司宪周弁奉命率兵前往堑江城驰援，结果因醉酒误事，丢城大败，全军覆没。

>……（周）渴了，渴了。（众）是渴了，爷。（周）叫守城军，司农爷运的犒赏酒可到哩？（守军应介）到了。但一名军一个泥头酒，五千军五千个泥头。大河清，小河清，配着南京真正一寸三分高堆花老烧酒。禀爷：起用那一号？（周）便取一半水酒，一半烧酒，取名水火既济，都堆上这城门首来。（众军取酒上介）算泥头：一百一百又一百，二三而五五个百，五个五百两个百，两个五百五个百。（周）五千个酒勾了，尽着吃。泥头都丢在战场上去。众军吃水酒，俺吃烧酒。不论量，以渴止为度。（众作饮介）渴哩，渴哩。（去泥头介）（周）俺从来好酒，则因府主相拘，怕官箴有玷。这才是俺显量时节也。（饮酒，众醉介）（内鼓介）报！报！檀萝贼到城下了。（周）由他，且饮酒。（内急鼓介）报！报！报！檀萝贼先锋挑战。（周作恼介）这贼好无礼，酒刚吃到一半，则管冲席。众军，乘酒兴杀出城去。（众应介）脸从醉后如关将，酒尚

温时斩华雄。(下)(贼唱介前上)把都们抢进堑江去。(周领众上)来者莫非檀萝贼乎?(战介)(周众作醉不敌,贼赶下介)(周急上)众军,再取一大觥烧酒来,战的渴也。(众取酒上,饮介)(贼上)那边厢好不香的烧酒哩,抢上去!(又战,周众又败介)(周独身上)哎也,贼好无礼,便认输了这一阵。天气炎热,日势已晚,且卸下征袍,月下单骑回去也。(下)(贼上)好,好,好,趁这番抢入南柯去。(跌介)哎也,为甚跌了也?则见酒气熏天,流涎满地。呀,原来城门首堆着几千个泥头塞路也。(作看天介)看此天气,必要下雨涨江,妨俺归路。俺们且搬了这几个余酒,唱个得胜歌回去也。

从"众军取酒上介""众作饮介""去泥头介""饮酒,众醉介"等,周弁索酒、吃酒的丑态,展露无遗。而后"周众作醉不敌,贼赶下介","周众又败介",周弁第一次被打败,心中不服,他没有及时收束心态,调整策略,反倒又返回去喝酒解渴,直到被檀萝兵再次打得大败而走,溃逃奔散。塑造出周弁嗜酒如命、有勇无谋的匹夫形象。"战介""又战"等,则是打斗场面的舞台发挥。我们可以看到,"做"和"打"是直观外在的舞台动作,可以塑造出特殊的人物形象,也反映出人物当时的情绪、心理,使场面生动起来。

"唱"是戏曲的主要艺术手段之一,"念"则是与"唱"相补充、配合。"唱、念、做、打"的本意是指戏曲演员的表演素质、能力与技巧,但是反映到戏曲文本中,则是戏曲作者对于人物、情节的塑造与铺排,虽然也要充分考虑到表演技巧的各方面,但是除却技术层面,最为根本的,还是在艺术本体的层面,也就是物理动作所内在于的心理动作上,观照的主体仍然是人物的情感。任何技巧动作都是以此为最终的旨归,是为人物的情感、心理活动服务的。这也正是戏曲艺术的"戏剧性"所在。"唱"和"念"以语言为媒介，显然，是为了反映人物的特定心理，表现人物或深或浅的内心情感。

请看《紫钗记》中的《怨撒金钱》一出，为寻访李益，生计没有着落的霍小玉毅然出售玉钗，然而，常伴左右的紫玉钗一旦离身，便又牵动起霍小玉相思、离恨的百般愁肠：

【行香子】（旦作病上）去也春光。月地花天，相思影，瘦的不成模样。为伊踪迹，费尽思量。（浣）归来好，空迷恋，有何长。

（集句）（旦）蕙帐金炉冷篆烟，宝钗分股合无缘。菱花尘满慵将照，多病多愁损少年。浣纱，紫玉钗头，是咱心爱，几时卖去呵，好闷也！

【玉山莺】玉钗抛样，上头时紫红腻香。为冤家物在人亡，这几日意迷神恍。每早起呵，窥妆索向，还疑在枕边床上，又似在妆奁响。猛思量。原来卖了，空自揾啼妆。

在【行香子】一曲中，霍小玉感叹逝去的春光，萧索的清秋月光中顾影自怜，自叹身世，无限惆怅。丫鬟浣纱只得温言相劝，却也无话可说。霍小玉的相思之情无法排解，在一曲"唱"毕之后，以念白的方式宣泄胸中的愁苦。"蕙帐金炉冷篆烟，宝钗分股合无缘。菱花尘满慵将照，多病多愁损少年。"屋里布设清冷，自己又与丈夫不得相聚，对照镜中憔悴的面容，怜叹自己的愁病之身。场面中的人物凄清苦冷，心酸已极。【玉山莺】一曲，霍小玉念想着紫钗旧物，神思恍惚，只得独自垂泪。这一场戏既可看作霍小玉对浣纱的哭诉，也可看作一番独白，抒发心意。曲辞与念白既有口语，也有格律，刻画出霍小玉孤凄无依的心境。这显然是一番戏剧的动作。

但是，当霍小玉听说卢人尉招赘了李益时，多年来深受相思之愁、颠簸之苦以及最后遭到抛弃之痛的霍小玉，将紫钗换来的金钱一把把抛撒，伴以痛彻心扉的演唱，抒发着痛愤之情：

（浣）这钱爱杀俺也！（旦）要钱何用？

【下山虎】一条红线，几个开元。济不得俺闲贫贱，缀不得俺永团圆。他死图个子母连环，生买断俺夫妻分缘。你没耳的钱神听俺言，正道钱无眼。我为他叠尽同心把泪滴穿，觑不上青苔面。（撒钱介）俺把他乱洒，东风一似榆荚钱。

（浣）怎生撒去？可是撒漫使钱哩。

【醉归迟】（旦）那其间成宅眷，俺不是见钱儿热卖图长便。谁承望这一对金钗胡串，青楼信远，知他向红妆啼笺。他虽然能掇绽惯赔钱，你敢也承受俺贯熟的文鸳，又蘸上那现成钗燕。想着那初相见长安少年，把俺似玉天仙花边笑嫣。满着他含笑拾花钿，终不然那一霎儿灯前几年。到如今那买钗人插妆鬓俨然，俺卖钗人照容颜惨然。知他是别样婵娟，也则是前生分缘。

霍小玉先是责怪红线穿起的铜钱既已失去了接济贫困生活的意义，又无法助她与丈夫团圆。自己的满腔情意，却换来巨大的失落，霍小玉心灰意冷，还要这些钱有何用？！于是漫天抛撒铜钱。想起往日的情景，苦熬着再盼团圆，等到头来，却将当时的定情信物插上了别人的妆鬓。【醉归迟】一曲充分地宣泄着霍小玉听到这一噩耗时激烈的情感起伏，以歌舞的手段表达这一情绪有着极强的感染力。霍小玉大段大段地抒发着自己难以抑制的失望、怨愤之情，以抛撒千金的动作来表达自己的悲伤，情绪达到了极点。紫玉钗本来是小玉成年的象征，也是她和李益相识、相爱的定情之物，这玉钗对她而言，意义非同一般。她苦苦守候李益三年，只盼丈夫归来。之后为了寻访李益的下落，不惜变卖资产，忍饿受冻。可当她听闻李益可能入赘卢府的消息时，早已身无分文，为了打探到最终的确信，才不惜变卖玉钗。这本来是小玉最后的一丝希望，可盼来的却是李益另赘豪门的确凿信息。小玉彻底绝望，曾经视作生命的紫玉钗居然落到了丈夫新欢的手上，于是将满腔的怨恨都发泄在玉钗典来的百万金钱上。以上一系列直观动作，对霍小玉的内心活动进行了有力的揭示。

在《邯郸记·生寤》一出中，当卢生黄粱梦醒之后，回叙梦中人生，颇有一番唏嘘感叹：

【二郎神】难酬想，眼根前不尽的繁华相。当初是打从这枕儿里去。（提枕介）枕儿内有路，分明留去向。向其间打滚，影儿历历端详。难道这一星星都是谎？怎教人不护着这枕儿心快？（叹介）忽突帐，六十年光景，熟不的半箸黄粱？

……

（生叹介）老翁，老翁，卢生如今惺悟了。人生眷属，亦犹是耳，岂有真实相乎？其间宠辱之数，得丧之理，生死之情，尽知之矣。

【簇御林】风流帐，难算场。死生情，空跳浪。埋头午梦人胡撞，刚等得花阴过窗、鸡声过墙。说甚么张灯吃饭才停当。罢了，功名身外事，俺都不去料理他。只拜了师父罢。（拜介）似黄粱，浮生秭米，都付与滚锅汤。

【二郎神】与【簇御林】两只曲牌，抒发着卢生人生梦醒之后的疑惑与感慨之情，鲜明地呈现在观者眼前。

再看《牡丹亭》中《惊梦》一出的开头：

【绕池游】（旦上）梦回莺啭，乱煞年光遍，人立小庭深院。（贴）炷尽沉烟，抛残绣线，恁今春关情似去年？

［乌夜啼］"（旦）晓来望断梅关，宿妆残。（贴）你侧着宜春髻子，恰凭阑。（旦）翦不断，理还乱，闷无端。（贴）已分付催花莺燕，借春看。"（旦）春香，可曾叫人扫除花径？（贴）分付了。（旦）取镜台衣服来。（贴取镜台衣服上）"云髻罢梳还对镜，罗衣欲换更添香。"镜台衣服在此。

【步步娇】（旦）袅晴丝吹来闲庭院，摇漾春如线。停半晌，整花钿，没揣菱花，偷人半面，迤逗的彩云偏。（行介）步香闺怎便把全身现？

一开场，杜丽娘便慵懒地倚靠在闺房阑干上，长吁短叹，感觉烦闷。尤其是"袅晴丝……"一句，祝肇年先生赞叹写得"幽情缭绕，丽句翩跹"。[①]不少人认为这一句是在写景，阳春三月，漫天飞舞着撩人的游丝，飘飘荡荡。"晴丝"乃指春秋季节空际漂浮的游丝，而以"袅"这一个字来形容晴丝的样态，说不出的"软美缱绻之态"，实则是杜丽娘情思的回荡。祝先生说："在一个闲置无人的庭院中静悄悄地漂浮着一缕游丝，这是多么烦人的寂寞景象啊！难怪杜丽娘见晴丝如情丝了。这正是她的幽深寂寞的心情写照。"[②]汤显祖的诗句的确瑰丽雅致，这几句唱词虽然没有李渔所提倡的"贵浅显"，但是其反映出的杜丽娘的心曲隐微，仍然可以为观众、读者所感受到。以景写情，情景交融，本来就为古典诗歌所倡导，以此来抒发杜丽娘内心一丝丝一阵阵的烦闷与寂寞，更能体会人物的微妙心理。人在景中，景在心中，

---

① 祝肇年：《释"袅晴丝……"——读〈牡丹亭·惊梦〉札记》，《祝肇年戏曲论文选》，文化艺术出版社1998年版，第181页。

② 同上书，第183页。

场面充满意味而不单调。然后,杜丽娘缓缓地梳妆打扮,无意中发现菱花镜已将她的侧影偷映在镜中,使她误认为发髻梳得不够端正。祝先生指出:"为什么用'偷'字?颇有深意,这是极言杜丽娘的闺房深窈,拘禁甚严,不许抛头露面,就连镜子也要乘其不备,才能偷映容貌,而且还只是个半面侧影。这是多么尊贵而又令人窒息的生活!"①这种生活显然是杜丽娘主动遵循的,她未尝逾矩。然而在她的心中又充满强烈的不满足,本是大好的春光,自己又是美好的年华,却不得离闺房半步,心中烦闷到极点,所以她又唱道:

【醉扶归】(旦)你道翠生生出落的裙衫儿茜,艳晶晶花簪八宝填,可知我常一生儿爱好是天然。恰三春好处无人见,不堤防沉鱼落雁鸟惊喧,则怕的羞花闭月花愁颤。

本来天性爱美,而自己正值青春妙龄,却无人爱惜,不免感慨。当春香将杜丽娘引到花园中时,正自怜自艾的杜丽娘再次感叹景色绝美,韶光最优,内心中却充斥着更多说不出口的惆怅:

【皂罗袍】原来姹紫嫣红开遍,似这般都付与断井颓垣。良辰美景奈何天,赏心乐事谁家院!恁般景致,我老爷和奶奶再不提起。(合)朝飞暮卷,云霞翠轩;雨丝风片,烟波画船——锦屏人忒看的这韶光贱!

(贴)是花都放了,那牡丹还早。

【好姐姐】(旦)遍青山啼红了杜鹃,荼蘼外烟丝醉软。春香啊,牡丹虽好,他春归怎占的先!(贴)成对儿莺燕啊。(合)闲凝眄,生生燕语明如翦,呖呖莺歌溜的圆。

(旦)去罢。(贴)这园子委是观之不足也。(旦)提他怎的!

(行介)

---

① 祝肇年:《释"袅晴丝……"——读〈牡丹亭·惊梦〉札记》,《祝肇年戏曲论文选》,文化艺术出版社1998年版,第184页。

【隔尾】观之不足由他缱，便赏遍了十二亭台是枉然。到不如兴尽回家闲过遣。

杜丽娘虽然一开始被景色所惊艳，但时时联想到自己情思空虚，内心寂寞，便是景色再美，也不过是付与断井颓垣，一边感叹春色美好，一边却哀叹满腔的愁思不得排遣。尤其是"牡丹虽好，他春归怎占的先"一句，以牡丹自况，当芳香散尽，春色归去时，已经凋谢了的鲜花还怎能占得百花之先呢？杜丽娘的唱、念将心意随口唾出，极力地传达着大好青春却无人欣赏的愁闷与伤感之情。直到回房之后独自一人时长吁短叹，直接诉说着胸中的感伤。

（旦叹介）"默地游春转，小试宜春面。"春啊，得和你两留连，春去如何遣？咳！恁般天气，好困人也。春香那里？（左右瞧介）（又低首沉吟介）天呵！春色恼人，信有之乎！常观诗词乐府，古之女子，因春感情，遇秋成恨，诚不谬矣。吾今年已二八，未逢折桂之夫；忽慕春情，怎得蟾宫之客？昔日韩夫人得遇于郎，张生偶逢崔氏，曾有《题红记》《崔徽传》二书。此佳人才子，前以密约偷期，后皆得成秦晋。（长叹介）吾生于宦族，长在名门，年已及笄，不得早成佳配，诚为虚度青春，光阴如过隙耳。（泪介）可惜妾身颜色如花，岂料命如一叶乎！

这一场面的唱词与念白，无不揭示着杜丽娘的心理活动，一点点、一层层地将杜丽娘的情绪暴露给观众、读者，使人在场面的逐层展开中逐步走进杜丽娘的情感世界。这样的舞台动作不都充满着强烈的戏剧性吗？最终目的不都是为了表现人物的心理和情感吗？值得一提的是，从《紫钗记》到《牡丹亭》再到《邯郸记》《南柯记》，我们可以清晰地看到，无论是曲辞还是文白，汤显祖从偏重于华丽、典雅、引经据典的曲辞创作转向为直接、浅白的文体风格，这当然是在不断努力尝试从"案头（诗文）"走向"舞台（传奇）"，使戏曲作品更适应于舞台演出，也更契合戏剧的普遍艺术规律。这正是汤显祖作品经久不衰的根本原因所在。

动作之于戏剧及戏曲艺术，都是根本性的存在形式，只不过在样态上有所差异，但归根结底，都是为了表现人物内心活动而设，具有直观性与揭示性的双重属性，非如此不足以见出场面中的戏味来，也是艺术品格高低与否的重要标准。在这一点上，戏曲与戏剧别无二致。

二、戏曲的时空结构特性

无论是戏剧艺术还是戏曲艺术，其最终的实现形式是舞台演出。从古希腊悲剧到莎士比亚的剧作再到易卜生风格不断演变的剧作，它们都有特定的舞台供其展演；中国的古戏台更是遍布大江南北。这便是戏剧（包括戏曲）艺术得以存在和定性的客观条件，决定了戏剧的样态乃是创造一个同时具有时空维度的虚拟世界，演员的动作成了这一艺术的载体和媒介。谭霈生先生总结道：

> 任何一出戏都是由动作的持续发展构成的，而动作的持续发展首先要以"在时间中先后承续"为基本特点；因此，我们可以把戏剧称之为"时间艺术"。
>
> 同时，戏剧与一般的"文学"又有质的区别，它既不是用语言去描绘动作，也不是用语言去叙述动作的持续发展过程，而是通过演员把动作的过程直观展现出来；因此，戏剧艺术又兼有造型艺术的特点，我们又可以将其称之为"空间艺术"。从这些方面来说，戏剧乃是一种兼有空间和时间的艺术，人们往往将它称之为

"时空综合艺术"。①

中国的戏曲艺术自然也是时空综合艺术,可又与西方戏剧的时空特性有所区别,但是这些区别并没有从根本上否决戏曲与戏剧之间的共同本质,只是造成了艺术样态方面的差异。厘清这一点,有助于我们更好地理解戏曲艺术,同时更深刻地认识戏剧艺术。

(一)戏曲舞台的空间特性

"舞台(或街头、广场的表演区)的基本特性之一是,它的空间是固定不变的。"② 无论是戏剧还是戏曲艺术,总有一个固定的演出场所,大多数情况下是在剧场舞台,但也不乏各类临时舞台,所以,演出的客观空间是固定不变的。这一点尤其被戏剧艺术所强调。例如古希腊悲剧《俄狄浦斯王》的场景就固定设置在忒拜城的王宫前院。到莎士比亚时,虽然他的戏剧世界在时空跨度上要更为自由灵活,但是,每一场戏的展开,也有着固定的场所。例如《麦克白》的第一幕有七场,每一场都是一个固定空间:第一场是一片荒原;第二场是佛莱斯附近的一个军帐;第三场是一片草原;第四场是在佛莱斯的王宫;第五场是印佛奈斯的麦克白的爵邸;第六场是爵邸的前面;第七场是爵邸……在另一部悲剧《李尔王》的第一幕中,第一场是在李尔王宫中大厅;第二场是在葛罗斯特伯爵城堡中的厅堂;第三场是在奥本尼公爵府中一室;第四场是奥本尼公爵府中厅堂;第五场是在奥本尼公爵府外院……待戏剧艺术发展到后来的某个阶段,舞台美术设计越发重视还原场景的现实感,讲求细节设置的逼真,甚至在一些剧作中,对于场景发生的客观环境也做了极为详细的描述。例如在《雷雨》一剧的《序幕》中,曹

---

① 谭霈生:《谭霈生文集第一卷·论戏剧性》,中国戏剧出版社 2005 年版,第 455 页。
② 同上书,第 455—456 页。

禺先生就特别细致地描绘了整部剧作人物交织冲突的重要场所——周公馆客厅，此时却是一家教堂附设医院的病房，试看剧作者描摹之细致：

> 屋中是两扇棕色的门，通外面；门身很笨重，上面雕着半西洋化的旧花纹，门前垂着满是斑点、褪色的厚帷幔，深紫色的；织成的图案已经脱了线，中间有一块已经破了一个洞。右边——左右以台上演员为准——有一扇门，通着现在的病房。门面的漆已经蚀了去，金黄的铜门钮放着暗涩的光，配起那高而宽，有黄花纹的灰门框，和门上凹凸不平，古式的西洋木饰，令人猜想这屋子的前主人多半是中国的老留学生，回国后又富贵过一时的。这门前也挂着一条半旧，深紫的绒幔，半拉开，破成碎条的幔角拖在地上。左边也开一道门，两扇的，通着外间饭厅，由那里可以直通楼上，或者从饭厅走出外面，这两扇门较中间的还华丽，颜色更深老；偶尔有人穿过，它好沉重地在门轨上转动，会发着一种悠久摩擦的滑声，像一个经过多少事故，很沉默，很温和的老人。这前面，没有帷幔，门上脱落、残蚀的轮廓同漆饰都很明显。靠中间门的右面，墙凹进去如一个神像的壁龛，凹进去的空隙是棱角形的，画着半圆。壁龛的上大半满嵌着细狭而高长的法国窗户，每棱角一扇长窗，很玲珑的；下面只是一块较地板略起的半圆平面，可以放着东西来，可以坐；这前面整个地遮上一面有褶纹的厚绒垂幔，拉拢了，壁龛可以完全遮盖上，看不见窗户同阳光，屋子里阴沉沉的，有些气闷。开幕时，这帷幕是关上的。
>
> 墙的颜色是深褐，年久失修，暗得褪了色。屋内所有的陈设都很富丽，但现在都呈现着衰败的景象。右墙近前是一个壁炉，沿炉嵌着长方的大理石，正前面镶着星形的彩色石块；壁炉上面没有

总 论

一件陈设,空空地,只悬着一个钉在十字架上的耶稣。现在壁炉里燃着煤火,火焰熊熊地,照着炉前的一张旧圆椅,映出一片红光,这样,一丝丝的温暖,使这古老的房屋里还有一些生气。壁炉旁边搁放一个粗制的煤斗同木柴。右边门左侧,挂一张画轴;再左,近后方,墙角抹式三四尺的平面,倚的那里,斜放着一个半人高的旧式紫檀小衣柜,柜门的角上都包着铜片。柜上放着一个暖水壶,两只白饭碗,都搁在旧黄铜盘上。柜前铺一张长方的小地毯,在上面,和柜平行的,放一条很矮的紫檀长几,以前大概是用来摆设瓷器、古董一类的精巧的小东西,现在堆着一叠叠的白桌布、白床单等物,刚洗好,还没有放进衣柜去。在正面,柜与壁龛中间立一只圆凳。壁龛之左(中门的右面),是一只长方的红木漆桌。上面放着两个旧烛台,墙上是张大而旧的古油画,中门左面立一只有玻璃的精巧的紫檀柜。里面原为放古董,但现在是空空的,这柜前有一条狭长的矮凳。离左墙角不远,与角成九十度,斜放着一个宽大深色的沙发,沙发后是只长桌,前面是一条短几,都没有放着东西。沙发左面立一个黄色的站灯,左墙靠墙略凹进,与左后墙成一直角,凹进处有一只茶几,墙上低悬一张小油画,茶几旁,再略向前才是左边通饭厅的门。屋子中间有一张地毯。上面对放着,但是略斜地,两张大沙发;中间是个圆桌,铺着白桌布。

舞美设计者可以按照剧本提供的蓝本,完完全全地将其搬上舞台。这是戏剧艺术所特有的追求舞台写实的美学创作倾向。虽然后来的戏剧演变开始打破舞台写实,进入更为写意和自由的时空转换,但不能不承认,这是戏剧最基本的对于虚构世界的空间呈现方式。

戏曲艺术的空间处理方式与戏剧有着特定的区别,多数情形下,戏曲舞台呈现的虚构世界的场所也是固定的,例如《牡丹亭》第三出《训女》发生在杜府的后堂;《闺塾》一出发生在杜府内为杜丽娘专门开设的课堂;《写真》发生在杜丽娘的闺房……再如《南柯记》中《侠概》一出,便是发生在淳于棼住所庭院;《尚主》则是发生在淳于棼与瑶芳公主的婚礼庆典上……不一而足。这样的场面,在戏剧与戏曲艺术中都是主要部分。而戏曲的空间较之戏剧又更自由灵活些,不一定固守着某个戏剧动作发生的地点,而是可以写意地自由转换。针对戏曲的空间特点,谭先生论述道:

> 尽管舞台是固定的,但是,动作持续发展的空间却是在固定舞台上大幅度地转换着。同时……并没有在舞台上表明动作的具体空间(场景)……这种处理空间的特殊方式,使戏曲艺术虽然在固定的舞台上演出,但动作的空间却是非固定的,是可以任意变换的。①

在戏曲的"圆场"中,动作是虚拟的,空间也是虚拟的,那里既没有具体、写实的场景,也没有象征具体空间的标志,传统戏曲舞台的所有布景和道具就是"一桌二椅",空间存在于演员的表演动作之中。

如汤显祖作品《南柯记》的《就征》一出,淳于棼酩酊大醉之中,迎来槐安国紫衣使者,使者邀请淳于棼前往槐安国应征驸马,淳于棼糊里糊涂上了接驾的牛车,诸人一番赶路:

(前二紫衣同生车上介)

---

① 谭霈生:《谭霈生文集第一卷·论戏剧性》,中国戏剧出版社2005年版,第456—457页。

【前腔】(生)车箱路,古穴隅,豁然见山川风候殊。(低语介)怎生有这一段所在?不断的起城郭,车舆和人物。奇怪,奇怪,一路来。但是见我的,都回避起立,何也?附车者,尽传呼。为甚呵。着行人,多避路。

(紫跪介)已到国门。(生)好一座大城!

淳于棼随二紫衣使者前往槐安国,沿途景物殊异,大为诧异,最终来到都城门下。这一段,不仅是空间的巨大切换,时间也相随虚拟,方如此,不足以展示淳于棼进入槐安国的传奇经历。淳于棼于家中庭院醉醺醺地上了紫衣使者的车舆,一路上看遍了槐安国的风土景致。在这一场戏中,不计淳于棼家中庭院与槐安国中途的道路,场景也不断变换,空间在舞台上随着演员表演流动着,进行着大幅度的转换。如果将这场戏照搬上话剧舞台,按照写实戏剧的舞台布景要求,则是困难的,场上背景必然要做频繁的切换,但是通过淳于棼坐车与使者赶车的程式化动作以及其他相配合的表演动作,完成一个"圆场",我们就可以知晓空间正在不断变换,人物的戏剧动作正在特定空间里展开。

谭霈生先生指出:"中国戏曲艺术的空间特性在于:以虚拟动作为基础的虚拟空间。"[1]戏曲的空间是虚拟的,或者说是"写意"的,无论是从房间到花园,还是从山腰到山脚,从现实到梦境,都可以在场上进行任意转换,而这一切的基础,在于演员的表演动作。演员通过特定的戏曲动作(程式化动作),表明走过了千山万水或者跨越了现实与幻境。在戏曲的"圆场"中,动作是虚拟的,空间也是虚拟的,那里既没有具体、写实的场景,一般也没有象征具体空间的标志……[2]而观众也能默契地承认这一切变换,因

---

[1] 谭霈生:《谭霈生文集第一卷·论戏剧性》,中国戏剧出版社2005年版,第493页。
[2] 同上书,第465页。

为戏剧和戏曲演出有着台上台下心照不宣的假定性；观众从演员表演动作中意识到，场景已经发生转变了。

然而，尤其需要引起我们注意的是，虽然戏曲演出的空间有着较大的随意性，但是基本上都属于"过场戏"，所以，空间的自由转换只是为了便于前后戏剧动作的展开，起到串联作用，各重点场面才是诸种戏文的主体所在。因而，从整体上讲，虽然戏曲的空间与戏剧空间在表现方式上存在差异，但是对于重点场面的铺排却是一致的。

（二）戏曲舞台的时间特性

"戏剧动作必须是不断发展的，这是构成戏剧动作的特性之一……动作的发展需要在具体的空间中完成……同时，动作的发展又必须在一定的时间流逝中才能完成。"①

"大幕打开，人物进入固定的空间，动作在这个固定空间中就需要持续发展下去，而动作的持续发展，又需要一定的延续时间。因此，动作在固定空间和延续时间中的持续发展，便构成了戏剧艺术的重要特征。"②

谭霈生先生在论述戏剧时间的特性时，特别指出戏剧时间实质上取决于戏剧动作的样态。离开戏剧动作，戏剧的时间与空间便无从谈起。例如莎士比亚悲剧《李尔王》第一幕第一场，空间在李尔王王宫大厅。李尔王决意将国土一分为三，分赠给三个女儿。大女儿和二女儿对他极尽恭维，小女儿考狄利娅却不愿说违心的话，惹怒了李尔王。前来求聘的勃艮第公爵眼见考狄利娅分不到一寸土地，中止了求聘；另一位竞争者法兰西王却看到了考狄利娅纯洁的内心，娶了她返回法兰西。这些人物的动作都是在固定空间中延续着的，而且按照自然时间持续着。

---

① 谭霈生：《谭霈生文集第一卷·论戏剧性》，中国戏剧出版社2005年版，第472页。
② 同上书，第474页。

然而，在戏曲艺术中，情形同中有异：一个动作的发出，在空间和时间上，有时候是不一致的。谭先生说道：

> 在戏曲演出中，就每个场面来说，动作也是持续发展的，但是，动作持续发展的时间与自然时间却往往是不一致的。两者的不一致性，往往使得戏曲艺术的时间容量，大大超过话剧艺术。①

譬如《邯郸记·凿陕》一出，卢生被贬谪到陕州凿石开河，开工时领众人向禹王进香：

【缕缕金】（生领众上）山磊磊，石崖崖，锹锄流汗血，工食费民财。（净接生介）洒扫神王庙，亲行礼拜。要他疏通泉眼度船簰，再把灵官赛。

（净）香纸齐备。（生拜介）

【双调江儿水】禹王如在，吏民瞻拜。石头路滑倒把粮车儿碍，要凿空河道引江淮。（合）叫山神早开，河神早来，国泰民安似海。
【前腔】（众拜介）长途石块，转搬难耐。领官钱上役真尴尬，偷工买懒一样费钱财。（合前）

（生）祭完了。分付十家牌：一人管十，十人管百。擂鼓攒工，不许懈怠。（众应介）（内鼓外作介）

【桂枝香】（生）则为呵，太原仓窄，临潼关隘。未说到砥柱三门，且

---

① 谭霈生：《谭霈生文集第一卷·论戏剧性》，中国戏剧出版社2005年版，第474页。

掘断芦根一带。看泥沙石髓，看泥沙石髓。便阴阳违碍，也无如之奈！好伤怀。（众）这辛苦男女们当得的。（生）滴水能消得，民间费血财。

（内鼓介）（众惊介）好了，好了。禀老爷：东头水来了。（生喜介）真个洞洞的水声哩！

从祭祀禹王到开土动工，再到凿通山路，绝非一日之功。为了表现卢生建立功业、造福百姓的迫切心情，减少头绪，在一出戏中就要实现卢生排除万难，大功告成的过程，这与自然时间的流逝当然是矛盾的，但是，却符合戏曲艺术的规律。然后，在《大捷》一出中，卢生击败热龙莽，一路追击至祁连山脚下，遇城收城，遇镇收镇，这也绝非场上短短几分钟可以容纳。

时间与空间大范围同时发生转移的，经常在戏剧人物的行路途中，《邯郸记·备苦》一出，就是要演尽卢生被贬谪之后沿途九死一生、备尝苦楚的哀情。在卢生的这趟险途中，磨难接踵而至：

（行介）

【江儿水】眼见得身难济，路怎熬？凌云台画不到这风尘貌，玉门关想不上厓州道。（童）脑领上黑碌碌的一大古子来了。（生）禁声！那是瘴气头，号为瘴母。（叹介）黑碌碌瘴影天笼罩，和你护着嘴鼻过去。（走介）好了，瘴头过了。（童）又一个瘴头。（生）怎了？怎了？这里有天难靠，北地里坚牢，偏到的南方寿夭。

（内虎啸介）（童哭介）大虫来了，走不动。（生）着了瘴么？有甚么大虫？（童）那不是大虫？（虎跳上，生惊介）天也，天也！

【忒忒令】是不是山精野猫？观模样定然为豹。古语云：刀不斩无罪之汉，虎不食无肉之人。咱卢生身上无肉也。（童）呆打孩一发瘦哩。（生）瘦书生怎做得这一餐东道？赛得过扑赵盾、小神獒。（虎跳介）（生）怎生不转额前来跳，意儿不好。

虎有三步打，待咱张起伞来。（张伞作斗介）（内叫）畜生不得无礼！（虎咬童下）（生哭介）大虫拖去呆打孩了，且独自行去。（行介）我闲想起来，朝中黄罗凉伞，不能勾遮护我身，这一把破雨伞，到遮了我身；满朝受恩之人，不能替我的命，到是呆打孩替了我命。看来万物有缘哩。（丑净持刀赶上）汉子那里去！（生惊介）往海南的。（丑）讨宝来，讨宝来。（生）贫子有甚么宝？

【五供养】雨衣风帽，念卢生出仕在朝。（净）在朝一发有宝了。（生）些须曾有宝，尽被虎狼饕。（丑）难道老虎连金银都吃去了？讨打！讨打！（刀背打介）（生）不要打，小生也是个有意思的人。（丑）要你有意思做甚么？（生）小生是个有功劳之人。（丑）功劳甚么用？讨宝来！（生叹介）咳，我想诸余不要，则买身钱荷包在腰。谁人知意思，何处显功劳？骂你一声黑心贼盗。

（丑）没有宝，又骂我贼。下剔上宰了。（杀生介）（生作死介）（丑）前生有今日，来岁是周年。（下）（生醒介）哎哟，这颈子歪一边去，湿淋侵怎的？（看介）是血哩，谁在我颈颔下抹了一刀？喜的不曾断喉，且把颈子端正起来。（踭起正头，叫疼介）呀，原来大海子。（望介）（疼介）恰好一只船儿也。（舟子上）何来血腥气，触污海潮风。汉子，救你一命！（众不许生上介）（舟子劝上介）

【玉札子】（众）是乌艚还是白艚？浪崩天雪花飞到。（内风起介）（众）飓风起了，恶风头打住蓬梢，似大海把针捞。浮萍一叶希，带我残生浩渺。

（生）好了，前面青山一带，是海岸了。（舟）哎哟，鲸鱼晒翅黑了天，这船人休了。（众哭介）

【江神子】则道晚山如扇插云高，怎开交？遇鲸鳌，则他眼似明珠，摄摄的把人瞧。翅邦儿何处落？才一闪，命秋毫。

（内普鲁空空声介）（众）坏了。（船覆，众下介）（生得木板，漂走。哭上介）哎哟，天妃圣母娘娘，一片木板儿，中甚用呵？（风起介）好了，好了，一阵飓风来。前面是岸，尽力跳上去。（跳介）谢天谢地。（内大风吹吼介）（生抱颈介）哎，紧巴着这颈子，可吹不去呢。（风吼，哭介）吹去颈子怎好？靠着石亭子倒了去也。（倒介）（扮众鬼上，各色随意舞弄介）（末扮天曹上）……

卢生先是遭遇瘴头，又遇虎袭，叼去仆人呆打孩；再遇强人夺去财物，并砍断半边脖子；来到海边之后，承舟子同情让他上船，又遭遇飓风，风霁之后，被巨鲸掀翻了海船，靠着一片木板，终于登上陆岸，之后又差点被鬼魅相害……遇虎、遭劫、渡海，种种磨难都是一个场面，卢生在这些场面中充分展现出所遭受的不可想象的苦情。但是整个旅途浓缩在这几场戏中，完全依靠"行介""走介""望介""哭上介"完成空间的转换，同时也将时间虚拟化。在这种情形下，戏曲艺术的时空特性充分展现了出来，其功能得到了发挥。但是，也不过仅此而已，完成主体演出的仍旧是各个衔接之间的场面中的人物动作。主次清晰，毋庸赘言。

戏曲艺术的时间与空间虽然呈虚拟（写意）的样态，但是统一在动作之中。而戏曲艺术场面也应当从动作出发进行划分。戏剧的空间一变化，场面也随之改变；但是在戏曲艺术中，时间、空间虽然不断流动变迁，场面本身却由于内在的动作统一性，依旧未变，始终一致。从时空这一根本特性上，戏剧与戏曲之间"同"为多，"异"为少，我们可以得到清楚的认知。

三、场面——戏剧情境运动的实体

谭霈生指出："戏剧场面是戏剧情节的基本组成单位……人物的动作构成场面，场面的转换、联结构成一场（或一幕）戏，若干场戏构成全剧：一个剧本就是这样构成的。"① 也就是说，一台戏是以流动的场面完成的，场面是人物动作的集合体，只有在场面中，动作才能逐步开展进而连接为戏剧行动；而每一个场面的存在，都以特定的情境为前提，并推动新的情境的建构。如果对每一个场面的实体内容进行剖析，就会发现，它们都是在特定情境中处理动机与行动（动作）的关系的，确切地说，特定的情境作用于人物产生特有的动机，而动机和动作的因果关系构成了场面的特有内容，戏剧情境的运动性，也正体现于场面与场面的转换与联结之中。尤其是重点场面，它本身就是情境凝结的特定高潮，在巨大的情境张力下爆发，同时，又进一步加强了情境对于人物命运的推动力。对于这一问题的讨论，我们不妨从头说起。

（一）戏剧中的场面

正如上文所论，戏剧的真正目的并不在讲述故事的来龙去脉和动人心魄的传奇，而是表现特定情境中人物的心灵和情感。"三一律"完全契合表现

---

① 谭霈生：《谭霈生文集第一卷·论戏剧性》，中国戏剧出版社2005年版，第219页。

对象的形式要求，它的作用在于突出戏剧情境的凝重与集中。戏剧的存在形态和形式决定了它擅长的部分，可以说这就是戏剧艺术的本体特征。当然，"三一律"因其形式上的严格，在很多情况下束缚了剧作者的发挥，限制了舞台虚构世界的容量，制约着创作者的表达，所以一度被人们所攻击并反拨。纵观戏剧史，类似于易卜生式的整体上追求固定时空风格的剧作只不过是少数，相反，突破"三一律"限定的各类风格与流派的作品反倒大行其道，所谓"表现主义"剧作、"史诗剧"以及莎士比亚的剧作，大大突破了"三一律"的限制。但是，除了整体上遵循"三一律"已经被证实具有极大的限制性之外，一个无法否认的事实是，所有不符合"三一律"的剧作，或被称为"开放式"或"链条式"的作品，其存在形态也仍旧以"三一律"规定的场面以及其中凝结的情境作为基石，哪怕场次再多，变换再复杂，也不会回避这个基本单位。不管是写实性的剧作，还是实验性的剧作，哪怕时空再随意、再虚拟、再纠结穿插，没有重点场面，就无法完成戏剧实体的演出实现。场面，尤其是重点场面，是戏剧作品的主干，其余的枝叶只不过带来了风格上的变化。戏剧艺术的本体首先体现在重点场面中。

我们不妨先看一部写实性的经典作品《北京人》中的一场戏：

曾思懿　（提出正事）媳妇听说袁先生不几天就要走了，不知道愫妹妹的婚事爹觉得——

曾　皓　（摇头，轻蔑地）这个人，我看——（江泰早猜中他的心思，异常不满地由鼻孔"哼"了一声，皓回头望他一眼，气愤地立刻对那正要走开的愫方）好，愫方，你先别走。乘你在这儿，我们大家谈谈。

愫　方　我要给姨父煎药去。

江　泰　（善意地嘲讽）咳，我的愫小姐，这药您还没有煎够？（送连快说）坐下，坐下，坐下，坐下。

〔愫又勉强坐下。

曾　皓　愫方，你觉得怎么样？

愫　方　（低声不语）

曾　皓　愫方，你自己觉得怎么样？不要想到我，你应该替你自己想，我这个当姨父的，恐怕也照拂不了你几天了，不过照我看，袁先生这个人哪——

曾思懿　（连忙）是呀，愫妹妹，你要多想想，不要屡次辜负姨父的好意，以后真是耽误了自己——

曾　皓　（也抢着说）思懿，你让她自己想想。这是她一辈子的事情，答应不答应都在她自己，（假笑）我们最好只做个参谋。愫方，你自己说，你以为如何？

江　泰　（忍不住）这有什么问题？袁先生并不是个可怕的怪物！他是研究人类学的学者，第一人好，第二有学问，第三有进款，这，这自然是——

曾　皓　（带着那种"少安毋躁"的神色）不，不，你让她自己考虑。（转对愫，焦急地）愫方，你要知道，我就有你这么一个姨侄女，我一直把你当我的亲女儿一样看，不肯嫁的女儿，我不是也一样养么？——

曾思懿　（抢说）就是啊！我的愫妹妹，嫁不了的女儿也不是——

曾文清　（再也忍不下去，只好拔起脚就向书斋走——）

曾思懿　（斜睨着文）咦，走什么？走什么？

〔文不顾，由书斋小门下。

这一场面呈现出曾家上下出于自身的考虑，对愫方"婚事"所各自抱有的态度。不难看出诸人之间复杂微妙的关系。对于愫方出嫁这一件事上，亲人间钩心斗角，激烈冲撞。曾思懿对于愫方这个和自己的丈夫情投意合的人，始终带着敌意，简直可以说是眼中钉，肉中刺，恨不得即刻将她扫地出门。现在既然有一个鳏夫袁先生的存在，那就是最恰当的理由。曾思懿打起了如意算盘，如果把愫方嫁给袁先生，一则可以使愫方远离曾家；二则自己能当个媒人，在人情上各方面都讨好。曾思懿的动机是阴毒的，却表现得纯粹是为愫方着想。她开始时向曾皓提出袁先生要走的事情，那愫方和袁的事情是不是该有个结论了？表面上，她还是采取恭敬地听候曾皓吩咐的姿态，实际上是向曾皓宣战，要求他必须放走愫方，现在时机已经到来，必须给一个答复。然而，冷酷的曾老头子是怎样的自私自利呢？他老迈无力，需要一个贴心的人来细心照料。外甥女愫方充当了这个角色。哪怕愫方已岁数不小，早到该嫁人的时候，但出于一己私心，他牢牢抓着愫方不肯放她走。现在思懿提出了这件事，他便装聋作哑，表面上表示对袁任敢这个人还不太满意，但又没有明确的反对理由。他看到江泰不满的神情，才叫住愫方，假意说要商谈此事。可是对于愫方这个尚未出阁的女子来说，当着一大家子的男女老少讨论自己的终身大事，不知令她多么羞赧？！况且，她中意于曾文清，而这时又当着文清的面，两人极为尴尬。再加上曾思懿人面兽心的做作和曾皓自私无情的冷漠，各种委屈一齐涌上心头。但她能说什么呢？这个温柔娴静的，失去了生活欢愉的女子，她能做的就是回避，回避的借口恰恰是充塞了她的生活的煎药。看似一腔正气的江泰有心为愫方打抱不平，然而他根本就不顾及愫方的感情，粗鲁地叫她坐下，这不知又让愫方有多难堪。曾皓又假情假意地劝说愫方，表面叫她不要顾虑他，该为自己打算；又装出可怜相，说自己年老，照顾不了她几天，实际的意思还不是叫愫方不要走？他还说自己这把年纪也不会太耽误多久，装出老迈以博取同情。另外，他还想表达对袁先生这个人的不称心，似乎留住愫方最重要的理由是要等个理想的婆家。曾思懿一眼就看穿了老头子的内心，连忙打断他的话，假意劝愫方要为自己着想；可笑的是曾皓也发了急，抢着不让思懿说下去，示意让愫方自己考虑。两人言语间无不是尊重愫方的意见，强调让愫方自己拿主意，实际上一个尽力想送愫方出门，一个又尽力想留住愫方，他们的动机根本就是争夺自己的利益，哪曾顾虑到愫方的感受！曾文清到此时再也听不下去了，在唇枪舌剑中拔脚就走。

愫方的境遇值得我们同情，曾皓和曾思懿的虚伪自私让我们无比厌恶。但对于曹禺所创造的人物形象来说，这几个人都活脱而令人印象深刻。叙述手段很难达到这样激烈又含蓄的充满紧张、尴尬、彷徨气氛的情节冲突，戏剧却完满地表现了出来。

然而，没有上下文的映照，剧中人物关系的凝结、事件的发生发展，我们也就无从感受人物内心的剧烈起伏。人物的动作（尤其是心理活动）只有在特定的情境中才能够充分展现，并通过一个个完满的场面展露无遗。哪怕是一小段日常对话的场面，由于处于戏剧情境的某一阶段，观众与读者结合起人物之间关系的复杂性，才会感受到满场的刀光剑影。这场戏是曾家所有矛盾的一个集中展示，围绕着愫方的婚姻，揭示了每个人的动机与相互之间复杂的关系，同时，由于全家上下对愫方的明明暗暗的伤害，迫使曾文清再也忍受不了这样的家庭氛围，为他的出走加剧了情境张力。

曾文清的下场意味着这一场面的结束，然而戏并没有结束，而是重新开启了下一个场面：

曾　　皓　　文清，怎么？
曾思懿　（冷笑）大概他也是想给爹煎药呢！（回头对愫又万分亲
　　　　　热地）愫妹妹，你放心，大家提这件事，也是为着你想。
　　　　　你就在曾家住一辈子，谁也不能说半句闲话。（阴毒地）

　　　　　嫁不出去的女儿不也是一样得养么？何况愫妹妹你父母不
　　　　　在，家里原底就没有一个亲人——
曾　皓　（当然听出她话里的根苗，不等她说完——）好了，好了，
　　　　　大奶奶，请你不要说这么一大堆好心话吧。（思的脸突然
　　　　　罩上一层霜，皓转对愫）那么愫方，你自己有个决定不？
曾思懿　（着急对愫）你说呀！
曾文彩　（听了半天，一直都在点头，突然也和蔼地）说吧，愫妹妹，
　　　　　我看——
江　泰　（猝然，对自己的妻）你少说话！
　　　　　〔彩默然。愫默立起，低头向通大客厅的门走。
曾　皓　愫方，你说话呀，小姐，你也说说你的意思呀。
愫　方　（摇头）我，我没有意思。
　　　　　〔愫由通大客厅的门下。

　　文清下场之后，曾家上下仍然没有因为文清的不满而停止对于愫方的压迫，曾思懿一定要逼迫愫方表态，不禁声色俱厉，曾皓也假意询问愫方的真实态度，愫方再也忍耐不住众人深浅不一的逼问与探寻，黯然下场。本场戏最终结束。

　　通过人物的上下场，戏剧场面在结构上有着清晰的划分，一幕戏有着若干场面，场面与场面之间的衔接也是流动着承上启下。当然，其中有些场面重要些，有些场面次要些，重点的场面作为全剧揭示人物内心世界、刻画人物独特形象的重心而被重点展开，次要场面则作为过渡性质而承接着情境的前后延续，为下一个重点场面做着准备。剧作家"应该选择什么场面，首先要考虑能不能充分展示你的人物性格，能不能吸引观众深入人物的内心

世界"①。一部戏有几十、上百个场面,剧作者要把每个场面都深入开掘是不可能的,场面也有轻重之分。过渡性场面只需要交代得清楚明白,几笔带过,而重点场面则需要精雕细琢,力求把"戏"写足。同样作为舞台演出的形式,戏剧与戏曲都具有这门艺术所具有的客观限制性,也因此形成了共通的艺术样态,存在共有的性质。

(二)戏曲中的场面

戏剧的经典结构划分以分幕分场为主要方式,在戏曲中,则有"出""折"这些划分方式,祝肇年先生则从戏曲艺术的特征出发提出了"段落"的划分方式。"段落"的划分方式考虑的是情节的组织和安排,祝先生举例说:"《春香闹学》主题就是'闹学',《秦香莲》中的《杀庙》,主题就是'杀庙'……这么看来,戏曲的情节段落是被划分得一清二楚、首尾俱全的。"②然而,这些所谓"段落",虽然既可独立又互相连接,但它们是从组织情节的角度来安排的,"就拿《牡丹亭》的'惊梦'来说吧,它本是一出戏,但是昆曲里却可以再划分为《游园》《堆花》《惊梦》三出。照这样化整为零地'化'下去,还可以再'化'出更多的小段落来……"③以情节的变化发展作为结构的划分方式,会因情节的不同进展而或长或短,很难精确辨析,也就难以做到科学地划分。但是,如果避开情节段落划分方式的模糊性,从戏剧场面结构的划分方式来看,我们就会发现,戏曲作品存在着相同的结构形式。

试看汤显祖作品《紫钗记》第六出《堕钗灯影》,霍小玉之母央告红娘鲍四娘为女儿小玉留意合适的夫婿人选,而鲍四娘屡受李益的拜访,心里有

---

① 谭霈生:《谭霈生文集第一卷·论戏剧性》,中国戏剧出版社2005年版,第228页。
② 祝肇年:《按照戏曲结构特点写戏曲》,《祝肇年戏曲论文选》,文化艺术出版社1998年版,第204页。
③ 同上书,第204—205页。

意将霍小玉介绍给李益，然而出于霍小玉的高贵身份不便与陌生男子相见，鲍四娘便为李益出谋划策，建议他往城中赏玩花灯，或许有缘，能得见小玉一面。而李益与霍小玉双方已经耳闻了对方的存在，灯影婆娑中，两人因拾钗、还钗邂逅了。

霍小玉观灯时不慎失落紫玉钗之后，被李益拾到，后者与友人等在原地，专门看觑前来寻钗的小玉：

（浣挑灯照旦上）呀，老夫人归去，咱去寻钗来也。（韦）那人来寻钗也，俺二人前门看灯去，兄可与之小立片言。看是那人否？（生）请了。（韦、崔下）

李益的友人韦、崔下场之后，霍小玉和浣纱与李益相遇，才是充分展现霍小玉与李益初次见面时细腻的心理活动的重点场面：

（旦寻钗科）不见钗，这不作美的梅梢也。

【前腔】止不过红围拥，翠阵遮，偏这瘦梅梢把咱相拦拽。（作避生介）喜回廊转月阴相借，怕长廊转烛光相射。（生作见科，旦）怪檀郎转眼偷相撇。（生笑介）吊了钗哩。（旦）可是这生拾在？（合前）

【玉交枝】（生）是何衙舍？美娇娃走得吱嚓。（浣）是霍王小姐。（生）奇哉奇哉！就是小玉姐么？（浣）便是。（生）小生慕之久矣，因何独行？（浣）来寻坠钗。（生）你步香街不怕金莲趸，总为这玉钗飞折。（浣）秀才，可见钗来？（生）钗到有，请与小玉姐相叫一声。（旦低声云）浣纱，这怎生使得？且问秀才何处？（生）陇西李益，表字君虞，排号十郎，应试来此。（旦作打觑，低鬟微笑介）鲍四娘处闻李生诗名，咱终日吟想，乃今见面不如闻名，才子岂能无貌？（生作听，径前请见科）呀，小姐怜才，鄙人重貌，两好相映，何幸今宵。（旦作羞避介）钗喜落此生手也。钗，你插新妆宝镜中燕尾斜，到檀郎香袖口是这梅梢惹。浣纱，叫秀才还咱钗也。（合）怕灯前孤单这些，怕灯前孤单了那些。

（生）请问小玉姐侍者，咱李十郎孤生二十年余，未曾婚聘，自分平生不见此香奁物矣，何幸遇仙月下，拾翠花前。梅者媒也，燕者于飞也，便当宝此飞琼，用为媒采，尊见何如？（浣恼介）书生无礼，见景生情，我待骂你呵。（旦）劣丫头是怎的来？

【前腔】花灯磨折，为书生言长意赊。秀才，咱钗直千金也。（生）此会千金也。（旦背笑介）道千金一笑相逢夜，似近蓝桥那般欢惬。还俺钗来。（生）选个良媒送上。玉花钗，他丢下声长短嗟，玉梅梢咱赚着影高低说。（合前）

（浣）夫人候久，咱们家去也。

【川拨棹】箫声咽，和催归玉漏彻。（旦）为多才情性骄奢，没些时月痕儿早斜。浣纱，叫秀才还咱钗来。（作斜拜生科。合）乍相逢归去也。（又生揖科）

【前腔】（生）花灯夜，有天缘逢月姐。（浣）秀才，你把个香闺女觑得眼乜斜，留了咱燕钗儿贪他那些。（合前）

【尾声】（生）玉天仙罩住得梅梢月，春消息漏泄在花灯节。（旦低声）明朝记取休向人边说。

（旦、浣下。生吊场）奇哉奇哉，李十郎今夜遇仙也。

直到霍小玉与浣纱下场，整个场面才算完成。这一场面开掘得深入而富有层次。霍小玉与李益分别从鲍四娘处听到对方的名声，彼此心中都已产生遐想，及至看灯这一晚，偏偏李益在万千人中拾到了霍小玉的玉钗，有缘相会，各乘心意。李益巧拾玉钗，其主人恰是心向往之的霍小玉，又惊又喜又爱，活泼跳脱，迫不及待地介绍自己，并直言不讳："梅者媒也，燕者于飞也，便当宝此飞琼，用为媒采，尊见何如？"处处表达求聘的恳切心情。而霍小玉则亦喜亦羞，一方面紧守着大家闺秀的教养，一方面又不住暗喜，庆幸"钗喜落此生手也"，背过身暗笑"道千金一笑相逢夜，似近蓝桥那般欢惬"，然后打觑、低鬟，羞答答要丫鬟浣纱转话。两人一见钟情的场面，极富戏剧性。而在完成这一邂逅之后，霍小玉对李益从此情根深种，后来顺利完婚，霍小玉便誓死也要追随李益而去，从而引出之后她对于"至情"的爱情追求，发展出新的情境。

从以上例证来看，戏曲的场面与戏剧的场面同样具有"集中"与"完整"两大特性，并且，前后衔接的过渡性场面，是为了重点场面的展开而服务的。谭先生指出："剧作家要深入开掘一个重点场面，除了应该为这个场面安排尖锐的情境以外，还要牢牢把握人物的性格，把人物在特定情境中必定会有的动作充分挖掘出来，力求取得最好的戏剧效果。"[①]把戏写足的立脚点在重点场面的开掘上，只有在重点场面中，人物的内心与个性才得到最大程度的描绘。从某种程度上来说，重点场面构成了戏剧（戏曲）的主体，是表现艺术对象的主要方式，这也是戏剧与戏曲作品所共有的特质。

再看《邯郸记》第十七出《勒功》中的重点场面。当卢生击退吐蕃大

---

① 谭霈生：《谭霈生文集第一卷·论戏剧性》，中国戏剧出版社2005年版，第252页。

将热龙莽，追击到祁连山脚下，早已开辟了千里疆土，立下如此丰功伟绩，卢生踌躇满志，兴奋地命令部下勒石以志其宏伟功业：

（生）从来有人征战至此者乎？（众）从古未有。（生笑介）怪的古诗云：空留一片石，万古在天山。吾今起自书生，仗圣主威灵，破虏至此，足矣。众将军，可磨削天山一片石，纪功而还。（众应磨石介）

【园林好犯】头直上天山那高，打摩崖刨锄划锹，向中间平治了一道。山似纸，笔如刀，把元帅高名插九霄。

（生）待我题名。（念介）大唐天子命将征西，出塞千里，斩虏百万，至于天山，勒石而还。作镇万古，永永无极。开元某年某月某日，征西大元帅邯郸卢生题。（放笔笑介）众将军，千秋万岁后，以卢生为何如？（众应介）是。

卢生想象着自己名垂青史、万古流芳，已然达到了人生功业的顶峰。而对于这一心态的刻画，汤显祖不惜笔墨，深入卢生骨髓——勒石题名之后，卢生又不禁担忧：

（生）题则题了，我则怕莓苔风雨，石裂山崩，那时泯没我功劳了。（众）圣天子万灵拥护，大将军八面威风，自然万古鲜明，千秋灿烂。

他担心莓苔风雨、山崩石裂泯没了自己的功绩，不自觉地担心起来，令人解颐。剧作者将卢生的功名之心刻画得淋漓尽致，也为之后的看破红尘功名做好了充分的情境上的铺垫。可以说，没有这些场面，卢生最后的醒悟就缺乏力度。

我们再看《牡丹亭》的重要折子——《惊梦》一出的两场重头戏。

一开场，养在深闺的杜丽娘依旧过着往常的无聊日子，慵懒乏力，睡眼惺忪，春香则帮着杜小姐整理宿妆，梳妆打扮。随后，杜丽娘步出闺门，立于庭院，感叹着春光灿烂却青春易逝：

【绕池游】（旦上）梦回莺啭，乱煞年光遍，人立小庭深院。（贴）炷尽沉烟，抛残绣线，恁今春关情似去年？

[乌夜啼]"（旦）晓来望断梅关，宿妆残。（贴）你侧着宜春髻子，恰凭阑。（旦）翦不断，理还乱，闷无端。（贴）已分付催花莺燕，借春看。"（旦）春香，可曾叫人扫除花径？（贴）分付了。（旦）取镜台衣服来。（贴取镜台衣服上）"云髻罢梳还对镜，罗衣欲换更添香。"镜台衣服在此。

【步步娇】（旦）袅晴丝吹来闲庭院，摇漾春如线。停半晌，整花钿，没揣菱花，偷人半面，迤逗的彩云偏。（行介）步香闺怎便把全身现？

（贴）今日穿插的好。

杜丽娘眼见春光明媚的庭院中撩人的游丝，孤寂之感暗生，她一面向往自然，热爱青春，一面因出闺房而感觉娇羞，遂对镜整理妆容，还是犹疑着走出了闺门。春香引着她"行介"，一路往后花园而去：

【醉扶归】（旦）你道翠生生出落的裙衫儿茜，艳晶晶花簪八宝填，可知我常一生儿爱好是天然。恰三春好处无人见，不堤防沉鱼落雁鸟惊喧，则怕的羞花闭月花愁颤。

（贴）早茶时了，请行。（行介）你看："画廊金粉半零星，池馆苍苔一片青。踏草怕泥新绣袜，惜花疼煞小金铃。"（旦）不到园林，怎知春色如许？

汤显祖以春香的描述，引领着杜丽娘和观众（读者）来到春意盎然、百花盛开的花园，雕梁画栋、亭台楼榭、花草丛生——在杜丽娘面前展开，经过这一番圆场，杜丽娘与观众一起来到了后花园之中。面对如此美景，杜丽娘也不禁慨叹：

【皂罗袍】原来姹紫嫣红开遍，似这般都付与断井颓垣。良辰美景奈何天，赏心乐事谁家院！恁般景致，我老爷和奶奶再不提起。（合）朝飞暮卷，云霞翠轩；雨丝风片，烟波画船——锦屏人忒看的这韶光贱！

（贴）是花都放了，那牡丹还早。

【好姐姐】（旦）遍青山啼红了杜鹃，荼蘼外烟丝醉软。春香啊，牡丹虽好，他春归怎占的先！（贴）成对儿莺燕啊。（合）闲凝眄，生生燕语明如翦，呖呖莺歌溜的圆。

面对如此景物，杜丽娘既惊又喜，观赏不够，但言语之中总带着丝丝诉说不出的怅惘与恼恨，本是"良辰美景奈何天"，却"赏心乐事谁家院"，杜丽娘虽然不住地赞叹春色美好，却仍旧难以排遣满腔的幽怨。游园之时，种种情绪涌上心头，复杂难言，本来高昂的兴致倏然无息，意兴阑珊，叫唤着正看得兴起的春香回屋：

（旦）去罢。（贴）这园子委是观之不足也。（旦）提他怎的！（行介）

【隔尾】观之不足由他缱，便赏遍了十二亭台是枉然。到不如兴尽回家闲过遣。

（作到介）（贴）"开我西阁门，展我东阁床。瓶插映山紫，炉添沉水香。"小姐，你歇息片时，俺瞧老夫人去也。（下）

春香不解杜小姐为何突然兴致全无，以为她游赏得疲累了，只好送小姐回房。杜丽娘的青春却在这场赏玩中彻底觉醒了。她感叹女子自古"因春感情，遇秋成恨"，自己年已二八，却还未逢折桂之夫，哀叹连连：

（长叹介）吾生于宦族，长在名门，年已及笄，不得早成佳配，诚为虚度青春，光阴如过隙耳。（泪介）可惜妾身颜色如花，岂料命如一叶乎！

【山坡羊】没乱里春情难遣，蓦地里怀人幽怨。则为俺生小婵娟，拣名门一例、一例里神仙眷。甚良缘，把青春抛的远！俺的睡情谁见？则索因循腼腆。想幽梦谁边，和春光暗流传？迁延，这衷怀那处言！淹煎，泼残生，除问天！

身子困乏了，且自隐几而眠。（睡介）

在百般愁怨中，杜丽娘终因疲乏，不觉睡去，柳梦梅则入梦而来。本场戏（游园）结束。在这个场面中，杜丽娘走出深深约束着她所有言行的闺房，走进春光中，不经意间见到春色满园的后花园，春日气息和满目生机深刻地触动了杜丽娘的心灵，使她尚处于蒙昧状态的春思喷涌而出，但是见景伤情，越发慨叹自己的孤寂，心情经历了巨大的起伏。杜丽娘游园的动作，在这个节骨眼儿上发生，引发了她的思虑，导致追思入梦。我们接着往下看《惊梦》的下半场戏：

（梦生介）（生持柳枝上）"莺逢日暖歌声滑，人遇风情笑口开。一径落花随水入，今朝阮肇到天台。"小生顺路儿跟着杜小姐回来，怎生不见？（回看介）呀，小姐，小姐！（旦作惊起介）（相见介）（生）小生那一处不寻访小姐来，却在这里！（旦作斜视不语介）（生）恰好花园内，折取垂柳半枝。姐姐，你既淹通书史，可作诗以赏此柳枝乎？（旦作惊喜，欲言又止介）（背云）这生素昧平生，何因到此？（生笑介）小姐，咱爱杀你哩！

【山桃红】则为你如花美眷，似水流年，是答儿闲寻遍，在幽闺自怜。小姐，和你那答儿讲话去。（旦作含笑不行）（生作牵衣介）（旦低问）那边去？（生）转过这芍药栏前，紧靠着湖山石边。（旦低问）秀才，去怎的？（生低答）和你把领扣松，衣带宽，袖梢儿搵着牙儿苫也，则待你忍耐温存一晌眠。（旦作羞）（生前抱）（旦推介）（合）是那处曾相见，相看俨然，早难道这好处相逢无一言？（生强抱旦下）

柳梦梅凭空而降，几句应答之后，柳梦梅便强拉杜丽娘到那湖山石边、芍药栏前一场欢聚。杜丽娘因情入梦，因梦而逐情，从此不仅改变了往日的生活，更改变了生命的轨迹，追梦而去，郁郁而终，又因情而起死回生，跌宕起伏。这样的场面不单单是情境的凝聚，更开辟了新的情境走向，人物命运由此而发生了重大的转变。

"游园"与"惊梦"两场是《惊梦》这一出的重心，《惊梦》则是全本的重中之重，它们都是符合"三一律"的戏剧基本构成单位。只要我们回到剧作本身，以客观的态度来观察，并不难发现戏曲作品（汤显祖作品）中到处存在着或生动或热烈的场面，这些场面因情境的发展而展开，又构成了新的情境。在这一点上，戏曲的重点场面与戏剧的重点场面并无二致。从绝大程度上来说，这些重点场面才是戏曲作品真正的主体。

在戏曲的唱词与念白之中，的确存在着一些叙事的手段与功能，然而，这些叙事的辞、白，无不在于为了过场的便利，起着辅助营造情境的作用，其在作品中的重要性与一些重点、次重点的场面根本无法比拟。如《邯郸记》第二出卢生上场的自报家门：

【菩萨蛮倒句】客惊秋色山东宅，宅东山色秋惊客。卢姓旧家儒，儒家旧姓卢。隐名何借问？问借何名隐？生小误痴情，情痴误小生。小生乃山东卢生是也。始祖籍贯范阳郡，土长根生；先父流移邯郸县，村居草食。自离母穴，生成背厚腰圆；未到师门，早已眉清目秀。眼到口到心到，于书无所不窥；时来运来命来，所事何件不晓！数什么道理茧丝牛毛，我笔尖头一些些都篦的进，挑的出；怕那家文章龙牙凤尾，我锦囊底一样样都放的去，收的来。呀！说则说了百千万般，遇不遇兮二十六岁。今日才子，明日才子，李赤是李白之兄；这科状元，那科状元，梁九乃梁八之弟。之乎者也，今文岂在我之先；亦已焉哉，前世落在人之后。衣冠欠整，稂不稂，莠不莠，人看处面目可憎；世事都知，哑则哑，聋则聋，自觉得语言无味。真乃是人无气势精神减，家少衣粮应对微。所赖有数亩荒田，正直秋风禾黍。谅后进难攀先进，谁想这君子也，如用之？学老圃，混着老农，难道是小人哉，何须也？到九秋天气，穿扮得衣无衣，褐无褐，不凑膝短袭敝貂，往三家店儿，乘坐着马非马，驴非驴，略搭脚青驹似狗。呀，虽则如此，无之奈何。不免鞴上寒驴，散心一会。（鞴驴）（驴鸣介）我此驴也相伴多年了，再不能勾驷马高车，年年邯郸道上也。（行介）

卢生上场一番自白，如同多数戏曲作品中的书生那般，穷酸潦倒，虽则自诩才华满腹，世事皆明，但耐不住不得功名之志，"人无气势精神减，家少衣粮应对微"，精神空虚，无所依傍，是一个典型的落魄书生形象。至于个性与内心世界，在这些叙说中并不见更多的细节。这类念白，只不过引出剧中主人公的一般状态，为了让观众当下便熟悉主人公的生平、秉性，为情境的进一步展开做好铺垫，并不能作为作品的重心，也缺乏场面的热烈性、趣味性以及戏剧性。再如《邯郸记·西谍》中的一般性交代：

[集唐]三十登坛众所尊，红旗半卷出辕门。前军已战交河北，直斩楼兰报国恩。我卢生，自陕州而来，因河西大将王君奂与吐番战死，河陇动摇，朝廷震恐，命下官挂印征西。兵法云：臣主和同，国不可攻。我欲遣一人往行离间，先除了悉那逻丞相，则龙莽势孤，不战而下，此乃机密之事也。

卢生交代吐蕃寇警，自己临危受命，并拟定了计谋。这一过场戏将《东巡》与《西谍》两场戏连缀起来，节省了笔墨，为后面的重点场面《大捷》与《勒功》做过场，并不是该剧的主体情节。

通过上述例证，我们就能得出结论，在戏曲作品的结构中，场面仍旧是最基本的构成单位，是情境得以显现的载体，没有重点场面的舞台展示，几乎是不可能的。其他具有叙述特征的过场交代并不是剧作的主体内容。在这一点上，也与戏剧艺术相通。

"情境"理论的运用究竟是否契合戏曲艺术的规律？我们可以从戏剧与戏曲各自的动作样态、时空特性和共同的结构基础——场面的对比中看到，两者具有"同质性"。戏剧艺术的根本性质在于动作，而在戏曲艺术中，唱、念、做、打各类样态，其本质是演员的舞台表演动作，都在于揭示人物的内心活动。戏剧以写实的"即兴"表演为基础，因而时空具有"自然"属性，大多数情况下，戏剧动作发生的空间是固定的，时间也基本与自然物理时间相同。戏曲艺术对于场面的处理则要灵活得多，时空之间的跨度较为自由、写意，由于其表演动作的"程式化"特征，戏曲虚构世界的时空有时呈虚拟的样态，并不遵从自然物理时空的拘束，由戏曲演员通过一定的舞台表演动作在台上瞬时转换。虽然戏剧与戏曲的时空特征稍有不同，但是并没有因此而造成两者在这一方面的对立，应该说，二者的"同"要远远大于"异"，因为二者的实体依旧是重点场面，承载着情境运动的直观实现，是情境的实体内容。因而，重点场面作为主体内容决定了戏剧与戏曲在"动作"和"时空"上的同质性。基于动作性与场面结构的共同特质，"情境"理论在戏曲作品中，显然有其适用性。我们可以依循戏剧的逻辑模式，去理解剧中人物所处的特定情境而生发的戏剧动作，感受其内心。

戏曲作品的结构虽然较之于戏剧作品来说相对松散，但主要目的还是以表现人物的丰富内心生活为主，尤其是在"临川四梦"之中，对于剧中人物的生命激情，有着独到的表现手段。这正是"临川四梦"常演不衰、在戏曲史上留下重要地位的根本原因。

第一章 《紫钗记》剧作情境分析

第一章 《紫钗记》剧作情境分析

汤显祖的创作实践将明代传奇的创作和发展推向了一个高峰,在戏曲史上有着极高的地位,对后世的戏曲创作和戏曲活动更是影响深远。明代戏曲评论家王思任曾说:"'四梦'熟而脍炙四天之下。"① 可见当时"四梦"盛行之状况,影响之浩大。学术界对后三梦,尤其是《牡丹亭》给予了充分的关注,研究成果较多,而"四梦"第一篇《紫钗记》则没有受到同等的关注。与后面的几部作品相比,《紫钗记》虽然面世较早,但它的创新之处也可圈可点。

《紫钗记》是在唐人蒋防的传奇小说《霍小玉传》的基础上改编而成的,汤显祖继承了小说中原有故事情节的大致脉络,别出心裁地进行了带有显著个人风格的改造,不但增加了情节的波折,丰富了原有的人物形象,而且将该剧的主旨进行了带有独特美学追求的转变,使得《紫钗记》更能传达汤显祖对于"情至"这一世界观、人生观的宣扬。《紫钗记》既然是脱胎于唐传奇小说,而在之前又有《紫箫记》的戏笔,我们通过对三部作品的比较,便能看出汤显祖在创作主题上的刻意追求,并且努力实现于戏曲的艺术形式中,完成内容与形式的统一。

小说《霍小玉传》讲述的是陇西士子李益二十岁中进士后,经媒婆介绍,认识了霍小玉。霍小玉姿质秾艳,音乐诗书,无不通晓,李益十分倾慕。当两人结合之后,李益发誓订盟,永不相弃。两年后,李益被委任为郑县主簿,霍小玉对李益说:以你的才干名声,愿意与你结亲的肯定很多,你这次回去,必定有姻缘。盟誓是句空话,我现在十八岁,你二十二岁,你到壮年,还有八年,我愿一生欢爱,就在这八年期间,然后凭你另选高门,我剪发

---

① 王思任:《十错认春灯谜记序》,毛效同编《汤显祖研究资料汇编》,上海古籍出版社1986年版,第661页。

出家，能使这样，我也心满意足了。李益听了既惭愧又感动，哭着说：与你偕老，还怕不能满足我的素来志意，怎敢有异想？你且端居等待，几个月后，我即派人来迎请，相见并非很远的事。李益到任不久，回东都洛阳探亲，家里已为他与表妹卢氏订了婚，李益没有推辞。从此，李益躲避小玉。小玉访求不到李益的音讯，害下了病，为花钱打听消息，把紫玉钗也卖了。后来李益到长安，深居简出，消息还是传到了小玉那里，但小玉怎么叫也不来。黄衫豪侠对李益的负情很生气，把李益骗到小玉家中。病重的小玉见到李益，含怒而视，举起酒杯掷地说：你如此负心，使我饮恨而终，我死之后，必为厉鬼，让你妻妾终日不安。说着，长哭几声死去……

汤显祖之所以对唐传奇《霍小玉传》感兴趣，一而再地把它搬上舞台，让万口传唱，不是震惊于霍小玉极端的报复，要平复他们的恩怨，也不是有感于李益可悲的"妒痴"，提出一个供批判的典型。触动他创作灵感的是，他看中了霍小玉那一往而深、死生以之的真情。霍小玉以坦诚待李生，委曲求全求李生，卖钗舍财寻李生，最后以身殉情，令人感动。但如果《紫钗记》全部搬演小说情节，其悲剧结局对表现小玉的真情会形成冲击，减弱其美好程度。如果像小说描述的那般，霍小玉被气死，然后向李生复仇，那样，霍小玉的情就不是一往而深，而是发生扭曲，她要作害自己所深爱的人而成为一个厉鬼形象。那是不符合汤显祖创作思想的。要之，他只是要表现霍小玉能死能生的"至情"。死而无生，不是至情，而要其生，必须团圆。①

而对于《紫箫记》，情形要更复杂一些。对于蒋防的《霍小玉传》，明人胡应麟《少室山房笔丛》誉之为"唐人最精彩动人之传奇"，但汤显祖的《紫箫记》却是一部不成功的剧作。这部未完成的传奇剧，其实只是汤显祖年轻时的戏笔，其本事虽源于蒋防《霍小玉传》，但改动很大，采用原作的

---

① 邹自振：《〈紫钗记〉：希望的春天之梦》，《龙岩学院学报》2010年第6期。

内容极少。从现有的部分来看，剧作的主要内容是写风流才子的浪漫生活，对李益、霍小玉爱情的描绘，格调也不高。尚未写出的后半部分，还要写另一女子"与十郎作小"，从而引起小玉的"妒痴"，并穿插什么"尚子毗开围救友，唐公主出塞还朝"等关目，既枝蔓又无聊。从艺术上来看，《紫箫记》现存的三十四出戏，虽肯定了李、霍的爱情，蹈扬了"真情"的力量，却缺乏贯穿全剧的戏剧冲突，也缺乏深刻主旨的表达。另外，该剧曲词靡缛，宾白爱作四六骈文，深受六朝骈绮派的影响。至于第六出《审音》的罗列曲调，第十八出《拾箫》的描绘灯彩，尚有一种"游戏笔墨"的味道。其情节中还有豪爽之士花卿以爱妾换马，造成红粉佳人终生戚戚的关目，可以见出汤显祖此时尚不全然以儿女之情为念而充满豪侠之气的少年心性。

汤显祖在《〈紫钗记〉题词》中自述其对剧中人物的看法是："霍小玉能作有情痴，黄衣客能作无名豪，余人微各有致。第如李生者，何足道哉！"有情达到"痴"的程度，可谓至矣。在这样的创作布局下，《紫钗记》中的人物展现出与小说《霍小玉传》，甚至与其初稿《紫箫记》完全不同的面貌。

第一节 霍小玉的"至情"形象

《紫钗记》在继承《霍小玉传》的基础上,对剧中人物作了调整、加工,使原有人物的性格更加突出,形象更加丰满,并根据主旨增添了新的人物,深化了霍小玉的形象。《紫钗记》中的霍小玉,继承了唐传奇中深情、痴心的性格,并加以深化。她由唐传奇中的妓女变成了良家女子,有着大家闺秀的矜持。她和李益的相识固然得益于鲍四娘的牵线搭桥,但更重要的是两人在上元灯会上的相识,有了灯会上霍小玉遗落紫玉钗的事件和对还钗时李益这位风流才子的欣赏,才给了李益上门求姻的机会。试看第六出《堕钗灯影》中汤显祖展现两人初次见面时细腻的心理活动的场面,霍小玉观灯时不慎失落紫玉钗,被李益拾到,后者与友人等在原地,专门看觑前来寻钗的小玉:

　　(浣挑灯照旦上)呀,老夫人归去,咱去寻钗来也。(韦)那人来寻钗也,俺二人前门看灯去,兄可与之小立片言。看是那人否?(生)请了。(韦、崔下。旦寻钗科)不见钗,这不作美的梅梢也。

　　【前腔】止不过红围拥,翠阵遮,偏这瘦梅梢把咱相拦拽。(作避生介)

第一章 《紫钗记》剧作情境分析

喜回廊转月阴相借,怕长廊转烛光相射。(生作见科,旦)怪檀郎转眼偷相撇。(生笑介)吊了钗哩。(旦)可是这生拾在?(合前)

【玉交枝】(生)是何衙舍?美娇娃走得吱嗻。(浣)是霍王小姐。(生)奇哉奇哉!就是小玉姐么?(浣)便是。(生)小生慕之久矣,因何独行?(浣)来寻坠钗。(生)你步香街不怕金莲蹙,总为这玉钗飞折。(浣)秀才,可见钗来?(生)钗到有,请与小玉姐相叫一声。(旦低声云)浣纱,这怎生使得?且问秀才何处?(生)陇西李益,表字君虞,排号十郎,应试来此。(旦作打觑,低鬟微笑介)鲍四娘处闻李生诗名,咱终日吟想,乃今见面不如闻名,才子岂能无貌?(生作听,径前请见科)呀,小姐怜才,鄙人重貌,两好相映,何幸今宵。(旦作羞避介)钗喜落此生手也。钗,你插新妆宝镜中燕尾斜,到檀郎香袖口是这梅梢惹。浣纱,叫秀才还咱钗也。(合)怕灯前孤单这些,怕灯前孤单了那些。

(生)请问小玉姐侍者,咱李十郎孤生二十年余,未曾婚聘,自分平生不见此香奁物矣,何幸遇仙月下,拾翠花前。梅者媒也,燕者于飞也,便当宝此飞琼,用为媒采,尊见何如?(浣恼介)书生无礼,见景生情,我待骂你呵。(旦)劣丫头是怎的来?

【前腔】花钿磨折,为书生言长意赊。秀才,咱钗直千金也。(生)此会千金也。(旦背笑介)道千金一笑相逢夜,似近蓝桥那般欢惬。还俺钗来。(生)选个良媒送上。玉花钗,他丢下声长短嗟,玉梅梢咱赚着影高低说。(合前)

(浣)夫人候久,咱们家去也。

【川拨棹】箫声咽,和催归玉漏彻。(旦)为多才情性骄奢,没些时月痕儿早斜。浣纱,叫秀才还咱钗来。(作斜拜生科。合)乍相逢归去也。(又生揖科)

【前腔】(生)花灯夜,有天缘逢月姐。(浣)秀才,你把个香闺女觑得眼乜斜,留了咱燕钗儿贪他那些。(合前)

【尾声】(生)玉天仙罩住得梅梢月,春消息漏泄在花灯节。(旦低声)明朝记取休向人边说。

(旦、浣下。生吊场)奇哉奇哉,李十郎今夜遇仙也。

小玉与李益分别从鲍四娘处听到对方的名声,彼此心中产生了遐想,做好了铺垫。及至看灯这一晚,偏偏李益在万千人中拾到了霍小玉的玉钗,有缘相会,各称心意。然而展现他们一见钟情的场面也颇有层次。李益巧拾玉钗,其主人恰是心向往之的霍小玉,又惊又喜又爱,活泼跳脱,迫不及待地介绍自己,并表示:"梅者媒也,燕者于飞也,便当宝此飞琼,用为媒采,尊见何如?"处处表现出求聘的恳切心情。而霍小玉则亦喜亦羞,一方面谨守着大家闺秀的教养;另一方面不住暗喜,庆幸"钗喜落此生手也",背过身暗笑"道千金一笑相逢夜,似近蓝桥那般欢惬",然后打觑、低鬟,羞答答要丫鬟浣纱转话。两人一见钟情的场面,极富戏剧性。婚约既订之后,霍小玉便满心欢喜地等待成婚。

应该说,这次联姻,霍小玉是在有一定自主性的情况下从心如愿的,而不是像在唐传奇中那样完全是服从他人的意愿和安排才和李益结合。所以对于婚礼的铺排也颇为详致、有声色,渲染出喜庆的气氛。

在婚礼之后,李益要参加科考,新婚未久的夫妻即将分离,不忍相舍,满腹离愁。第十六出《花院盟香》中,二人订下山盟海誓,宣誓永不相负。

第一章 《紫钗记》剧作情境分析

（生坐，秋鸿上）洛下才人贪折桂，秦中美女好观花。禀相公，天子留幸洛阳，开场选士，京兆府文书起送，即日饯程，不得迟误。（生）如此，快安排行李，渭河登舟也。（鸿）明日放参京兆府，春风催马洛阳桥。（下）（旦）新婚未几，明日分离，如何是好？李郎，你看我为甚官样衣裳浅画眉？只为晓莺啼断绿杨枝。春闺多少关心事，夫婿多情亦未知。妾本轻微，自知非匹。今以色爱，托其仁贤。但虑一旦色衰，恩移情替，使女萝无托，秋扇见捐。极欢之际，不觉悲生。（泣叹介。生）平生志愿，今日获从，粉骨碎身，誓不相舍！小玉姐何发此言？请以素缣，着之盟约。（旦）浣纱，箱盒里取乌丝阑素段三尺，和墨笔砚来。（浣）乌丝阑在此。（生作写介）写完呈览。（旦读介）水上鸳鸯，云中翡翠，日夜相从，生死无悔。引喻山河，指诚日月。生则同衾，死则共穴。李郎，此盟当藏宝箧之内，永证后期。

【玉胞肚】心字香前酬愿，镇同衾心欢意便。碎心情眉角相偎，趁光阴巧笑无眠。絮香囊宛转，把乌丝阑翰墨收全，向一段腰身好处悬。

（生）小生这点心呵！

【玉山颓】你精神桃李，天生的温香腻绵。惹娇音，春思无边。倚纤腰，着处堪怜。佳期正展，为甚的颦轻笑浅。教青帝长如愿。镇无言。一春心事轻可的付啼鹃。

（旦拜介）李郎有此心，奴家谢也。

【川拨棹】情何限,为弱柳,抬青眼。怕只怕笺煤字殷,怕只怕笺煤字殷,道得个海枯石烂。嘱付你轻休赸,好花枝留倚阑。

李益热衷科考,跃跃欲试,相比小玉的愁绪要轻微得多,但是,霍小玉在离愁别绪之外,更多了一层担忧,"但虑一旦色衰,恩移情替,使女萝无托,秋扇见捐。极欢之际,不觉悲生"。霍小玉担心自己一旦色衰,李益便要变心,眼前的恩爱便转眼即逝。心中存在着强烈的不安定感。她说自己"妾本轻微,自知非匹。今以色爱,托其仁贤",是对自己的身世极为清醒、敏感。虽然汤显祖在《紫钗记》中没有明确霍小玉的身世,只是含混地说"轻微",但考虑到她既是霍王之女,虽然母女已被逐出王府,但不至于声言"轻微",否则哪来的赀财定制了一支价值百万的紫玉钗呢?本剧所依据的蓝本《霍小玉传》中的小玉,实际身份倒是"倡家",小说中小玉一番自剖心迹的话是在新婚之夜说给李益听的:"妾本倡家,自知非匹。今以色爱,托其仁贤。但虑一旦色衰,恩移情替,使女萝无托,秋扇见捐。极欢之际,不觉悲至。"在剧中,汤显祖显然照录了小说原文,只是将"倡家"改为"轻微",隐去了小玉的实际身份。为了弘扬"至情""纯情"的思想追求,汤显祖将女主角霍小玉的身份有意抬高,并处处显出小玉大家闺秀、冰清玉洁的形象,这实际上也显出了剧作者的局限所在。只是为了烘托出小玉对爱情的一往情深,加意地铺垫了女主人公在情感追求上的层次性,为后文塑造一往情深的形象做了准备。

而李益的表现更多的是对功名的热衷,是小玉的不舍和担忧才触动了他,立下誓言。在面临分别以及由此可能发生的变故时,他表现出淡然与被动。当李益立下"生则同衾,死则共穴"的盟约后,小玉才放心地让李益去赶考。

之后,小玉在家中思念丈夫不已,一方面担忧李益的赴举成败;另一方面又担心他另结新欢,抛弃自己。李益高中,尚未表达完与小玉相聚之喜

第一章 《紫钗记》剧作情境分析

就被派往关西军府做参军。在第二十四出《门楣絮别》一家上下与李益哭别之后,又隆重安排了《折柳阳关》一出,专门交代霍小玉依依惜别的愁情。在二人往来酬唱中,小玉除了不舍,依旧是深深的担忧,担心李益归期未卜,似乎已经隐隐意识到自己和李益不能白头到老,在灞桥送别时,极其哀伤地说出短愿。

(旦)李郎,以君才貌名声,人家景慕,愿结婚媾,固亦众矣。离思萦怀,归期未卜,官身转徙,或就佳姻,盟约之言,恐成虚语。然妾有短愿,欲辄指陈,未委君心,复能听否?(生惊怪介)有何罪过,忽发此辞?试说所言,必当敬奉。(旦)妾年始十八,君才二十有二,逮君壮室之秋,犹有八岁,一生欢爱,愿毕此期,然后妙选高门,以求秦晋,亦未为晚。妾便舍弃人事,翦发披缁,夙昔之愿,于此足矣。

【前腔】是水沉香烧得前生断续,灯花喜知他后夜有无。记一对儿守教三十许,盟和誓看成虚。李郎,他丝鞭陌上多奇女,你红粉楼中一念奴。关心事,省可的翠销封泪,锦字挑思。

在这一出,小玉极度伤感之中包含着对未来命运的深深忧虑,担心"盟约之言,恐成虚语","他丝鞭陌上多奇女",甚至不惜发出相守八年的短愿这样的诛心之请,情词之切,令人动容。自从二人成婚以来,霍小玉就每每深切表达这样的担忧,虽说起到了预示情节发展的作用,但对于人物个性来说,却并不相符,这是剧作家改编小说不彻底留下的破绽,从这一角度来看,汤显祖在以戏曲传奇形式来宣扬其"情至"思想时,为了突出主题思想,造成了对人物形象完整性的伤害,在剧作法上尚未完善。

霍小玉从此下定决心等待李益,表现出一种守护自己爱情结果的坚强意志。当李益前往玉门关外参军,杳无音信时,小玉出钱资助韦、崔二人,请二人替她打听李益的消息。当卢太尉设计离间两人,软禁李益在府时,霍小玉狐疑不信,求崔生去卢府打听真切的消息,并不惜为此变卖紫玉钗。

(旦)浣纱,薄幸郎到了太尉府,容易打听。只是少赀财央及人也。看妆台摘下玉燕钗去,卖百万钱,尽用为寻访之费。(浣)这是聘钗,如何顿卖?(旦)他既忘怀,俺何用此?

【罗江怨】提起玉花钗,羞临镜台。内家好手费雕排,上头时候送将来也。落在天街,那拾的人何在?今朝钗股开,何年燕尾回?镇双飞闪出,这妆奁外。

【前腔】知他受分该,纤纤送来。旧人头上价难裁,新人手里价难抬也。落在谁边,他笑向齐眉戴。将他去下财,将他去插钗。知他后来人,不似俺前人卖。

(浣)俺去也。(旦哭介)

【香柳娘】看钗头玉燕,(又)嘴翅儿活在,衔珠点翠堪人爱。双飞玉镜台,(又)当初为此谐,一旦将他卖。(合)好擎奇此钗,(又)裹定红丝,还把香奁试盖。

(浣)俺去也。(旦)俺再嘱付你,燕钗呵!

【前腔】燕钗梁乍飞,(又)旧人看待你,休似古钗落井差池坏。倘那人到来,(又)百万与差排,赎取你归来戴。(合前)

第一章 《紫钗记》剧作情境分析

【尾声】少钱财使费恨多才，玉钗无分有分戴荆钗。俺只怕没头兴的东西，遇不着个人儿买。

为了探听到李益的确切信息，生计凋零的小玉不得不变卖紫玉钗以供驱使，虽然她心中万般不舍，但是毅然决然地将紫玉钗拿去出售，人、钗相离时，又勾起她从前、现在的万般幽怨和伤情。但当她从玉匠侯景先处听到紫玉钗被正准备招赘李益的卢家买去时，万念俱灰，不禁"怨撒金钱"，把百万钱财全部抛丢，满心绝望。

（旦泣介）天下宁有是事乎？霍小玉钗头，到去卢家插戴也！
（闷倒介。侯）玉翦江鱼寻老手，钗分海燕泣春心。（下）

【小桃红】（旦）俺提起晓妆楼上玉纤闲，他斜倚妆奁盼也。则道镜台中，长则是两相看。闲吟叹，把玉钗弹。人去后，香肩弹，画眉残。将他来斜拨炉香篆也。又谁知誓冷盟寒？空掷断钗头玉，双飞燕不上俺云鬟。

（浣）这钱爱杀俺也！（旦）要钱何用？

【下山虎】一条红线，几个开元。济不得俺闲贫贱，缀不得俺永团圆。他死图个子母连环，生买断俺夫妻分缘。你没耳的钱神听俺言，正道钱无眼。我为他叠尽同心把泪滴穿，觑不上青苔面。（撒钱介）俺把他乱撒，东风一似榆荚钱。

（浣）怎生撒去？可是撒漫使钱哩。

【醉归迟】（旦）那其间成宅眷，俺不是见钱儿热卖图长便。谁承望这

069

一对金钗胡串，青楼信远，知他向红妆啼笑。他虽然能掇绽惯赔钱，你敢也承受俺贯熟的文鸳，又蘸上那现成钗燕。想着那初相见长安少年，把俺似玉天仙花边笑嫣。满着他含笑拾花钿，终不然那一霎儿灯前几年。到如今那买钗人插妆鬟俨然，俺卖钗人照容颜惨然。知他是别样婵娟，也则是前生分缘。

霍小玉大段大段地抒发着自己难以抑制的失望、怨愤之情，以抛撒千金的行动来表达自己的悲伤，情绪达到了极点。紫玉钗本来是小玉成年的象征，也是她和李益相识、相爱的定情之物，这玉钗对她而言，意义非同一般。她苦苦守候李益三年，只盼丈夫归来。之后为了寻访李益的下落，不惜变卖资产，忍饿受冻。可当她听闻李益可能入赘卢府的消息时，早已身无分文，为了打探到最终的确信，才不惜变卖玉钗。这本来是小玉最后的一丝希望，可盼来的却是李益另赘豪门的确凿信息。小玉彻底绝望，曾经视作生命的紫玉钗居然落到了丈夫新欢的手上，于是将满腔的怨恨都发泄在玉钗典来的百万金钱上。从玉钗这一重要道具的线索来说，小玉由坠钗拾钗而与李益相爱，继而是与爱人分离的感伤，然后是离别的相思与期盼，再度发展到孤凄无助，幽怨难诉，以致怨恨达到极点，最终爆发。汤显祖一步步写来，读者、观众历历在目，眼前、胸中无不活跃着一位钟情、痴情、为情而燃尽生命之火的"至情"的女子形象。随后，小玉便沉绵病榻。

在唐传奇《霍小玉传》中，小玉在对李益的思念和哀怨之中怨愤益深，委顿床枕，在李益被黄衫客设计拽来小玉家时，她硬撑病体，对李益发泄着心中的哀怨和愤懑，发出"我死之后，必为厉鬼，使君妻妾终日不安"的毒誓，之后便长恸而绝。而在戏曲《紫钗记》中，汤显祖改为李益将小玉救醒，然后对她言明前因后果，小玉恍然大悟，欢喜地重新戴上紫玉钗，两人重归旧好。这样一改，可能削弱了霍小玉刚烈的个性，但却是由作品的主旨所决定的，是为了体现至深之情，霍小玉唯有不惜一切代价地守护自己的爱情、等待自己的爱人，才能体现出她至死不渝的痴情性格，才能体现汤显祖"因情成梦，因梦成戏"的主张。试想，对李益怀有如此深厚感情的小玉，怎么会在重新见到爱人的情况下说出要化为厉鬼的诅咒呢？即使她满心辛酸和幽怨，但在全剧中她充溢于字里行间的深情和善良，决定了她最终必然不会伤害自己挚爱的人。霍小玉这样的形象才是完整的、美好的，才符合整个剧情中人物形象合理发展的内在逻辑。

第二节　李益形象的矛盾性

除了充分刻画霍小玉这一至情至性的女性形象之外，为了集中表达创作主旨，汤显祖还必须对《霍小玉传》和《紫箫记》中李益的形象进行改造，满足对霍小玉的侧面描写。在剧作结构方面，在《紫箫记》中，汤显祖也把霍、李爱情作为主线，但是中间插入李益游侠长安、边关相思、宰相入佛、郑六娘皈道等情节，显得主副不分，拖泥带水。同时，与《紫箫记》相比，在《紫钗记》中，汤显祖将紫玉钗作为中心道具，从插钗到坠钗、谋钗、卖钗、收钗，最后到钗圆，处处不离中心道具，紫玉钗成为关合全剧的契机，使剧情集中，矛盾冲突张弛有度，主副线相互穿插，十分紧凑。尤其引人注意的是，在《紫钗记》中，剧作者将鞭挞的对象由李益改为卢太尉，将戏剧矛盾从霍、李二人引向霍、李与卢太尉之间的冲突，从而树立了阻碍霍、李爱情的顽强对立面，愈发地突出霍小玉为爱不顾一切的至情之举。

《紫钗记》中的李益，经过汤显祖的改造，以一个全新的面貌出现在读者面前，虽然改编得不够彻底，将李益塑造成一个软弱、妥协的懦夫形象，但在一定程度上表现他对霍小玉的爱情坚贞不渝。霍小玉相思在闺中，李益虽身处要塞，仍无时无刻不在思念小玉。

汤显祖特地设置了《陇上题诗》等多出以李益为中心的戏，尤其是《边

第一章 《紫钗记》剧作情境分析

愁写意》一出,情深意切,清丽动人。

【前腔】(生)那边厢,淡素铺平敞,堆积的凄寒状。敢是下雪也?(众)是沙也。(生)是氤氲、几垛平沙,似雪纷弥望。瑶池在瀚海傍,(又)。(众)梁园在古战场,筑沙堤等不得沙河将。

是受降城也。

【前腔】(生)冷清光,气色霏微漾,晕影儿朦胧晃。敢是霜也?(众)是月亮。(生)步寒宫、认得分明,不道昏黄相。衣痕上辨晓霜,(又)。(众)是嫦娥在女墙,照愁人白发三千丈。

俺坐一会也。

【前腔】据胡床,沙月浮清况,(内吹笛介)猛听的音嘹亮。(众)何处吹笛也?这吹的是《关山月》也,是《思归引》也。(众作回头望乡介,指云)那不是俺家乡洛阳?那不是俺家乡长安?那不是他家乡陇头?(生亦作望乡,掩泣。众)被关山、横笛惊吹,一夜征人望。家山在那方,(又)。离情到此伤,断肠声泪谱在罗衫上。

这一场写尽了征人望乡的情致。李益在月色边塞上,朦胧恍惚,以为是雪,是霜,却被手下告知仍是那看不完的风沙和清冷的边月,李益只剩下对家乡和小玉无尽的思念。这一些场面汤显祖显然不再将李益作为矛盾对立面来描写,而是加深了读者对于他的同情。但是,李益的懦弱也不免令人扼腕叹息,由于他的这种个性,导致了霍小玉深陷愁海不得自拔。在第四十出《开笺泣玉》中,当刘节镇还朝,李益被卢太尉设计移镇孟门参军后,却被软禁起来。李益靠着王哨与小玉互通音信,王哨则已被卢太尉要挟向霍小玉传递李益入赘卢府的假消息。在李益失去自由，羁绊在卢府而深切思念时，王哨前来回报，送上小玉的诗笺。

（生上）几树好花闲白昼，满庭芳草易黄昏。心随岳色留秦地，梦逐河声出禹门。自家一从玉关移镇，参军孟门，听的卢太尉有招亲之意，俺这里只作不知。呀，怎忘的我小玉妻也！

【刮鼓令】闲想意中人，好腰身似兰蕙熏。长则是香衾睡懒，斜粉面玉纤红衬。和娇莺枕上闻，乍起向镜台新。似无言桃李，相看片云。春有韵，月无痕，难画取容态尽天真。

【前腔】无事爱娇嗔，没伊边少个人。当初拟画屏深宠，又谁知生暗尘？他独自个易黄昏，将咱身心想伊情分。则他远山楼上费精神，旧模样直恁翠眉颦。

李益对小玉的思念是真切而深沉的，但是宦海沉浮身不由己，不能与小玉团圆。然而，当他听闻卢府有招赘他的意思，他却选择装聋作哑，消极回避。李益因题诗被卢太尉拿住把柄，对其极为忌惮，然而从人物个性来看，李益虽受制于人而不敢多做声张，但本性中的软弱也极其鲜明。王哨前来将卢太尉的阴谋告知他后，他却不以为然，糊涂至极。

（王哨上）愁眠客舍衣香满，走渡河桥马汗新。俺王哨儿，奉太尉命，去传播招亲之事与李参军前妻，到替他捎一首诗来。此是参军别馆，不免进见。（生）是王哨儿，从何而来？（哨）俺前日为带夫人平安信，太尉恼了。近遣俺京中庆贺，间到霍府中看看，悄的带有夫人家信也。（叩头，送诗上介。生）原来是小玉姐诗也。（作念诗介）蓝叶郁重重，蓝花石榴色。少妇归少年，光华自相得。

第一章 《紫钗记》剧作情境分析

爱如寒炉火，弃若秋风扇。山岳起面前，相看不相见。春至草亦生，谁能无别情。殷勤展心素，见亲莫忘故。遥望孟门山，殷勤报君子。既为随阳雁，勿学西流水。

【三换头】莺猜燕忖，叠就彩鸾清韵。称吴笺腻粉，啼红娇暮云，雁来成阵。这其间诉不尽，有片影横秋双未稳。一种心头闷，书中说几分。（合）且报平安，怎只把闲愁来殢人。

哨儿你敢在夫人前讲甚话来？（哨）没有。（生）诗意蹊跷。（哨）是是是。那日递家报与参军爷，太尉要拷打小的，说俺府里待招赘参军，你敢再传他家信！小的见夫人，依实说了。（生）好不胡说也。

【前腔】太尉呵，他杯中笑言，花边闲论。寻常风影，你怎生偏认真，无端要人生分。夫人呵，这其间也索问个详因，难凭口信。一折诗儿也，九回肠怕损。

李益收到小玉的诗笺，诗中充满了弃妇的怨怼与责难，诗意哀婉，李益敏感地感觉到小玉重大的情感变化，然而，待他向王哨打听明白卢太尉设下的诡计时，却天真地责怪王哨不该将太尉"戏言"误导小玉。直到现在，李益还未意识到自己与小玉的感情已经有人从中作梗和卢太尉用心之险恶，把这当成"杯中笑言，花边闲论"，竟然如此糊涂地不愿面对即将到来的斗争，软弱畏缩已极。好友韦夏卿受卢太尉委托，与卢府堂候官前来向李益提亲。

【喜相逢】（韦同堂候上）风流谁绊？知他相府池莲。怕无端引起绿窗红怨。

（见介，生）别馆惊逢韦夏卿，（韦）参军此日见交情。（生）归心紫塞三千里，（韦）君虞，你薄幸青楼第一名。（生）夏卿，怎说俺青楼薄幸也？（韦）且住，有堂候在此。（堂候见介，生）夏卿，说俺薄幸何事？（韦）君虞，今日全不想着贺新郎席上情词。（生）怎生忘了！

【雁鱼锦】俺想风前月下人倚阑，这些时秋色芙蓉绽。恨造次春残香梦远，家在秦楼，人上雕鞍。（韦）有书报平安否？（生）俺写云屏好寄平安，他也回文泪锦斑。（韦）今日早已雁来也。（生）早难道俺独馆孤眠惯，雁儿呵，恰正怎时寻伴好愁烦。

（韦）今日送个伴来。（生惊问）送谁？

【前腔】（韦）朱颜。有分孤单，怎把云雨腾那再匀香汗。（生）谁家有此？（韦）太尉有一小姐，央小弟为媒。你可把东床再坦，做娇宾贵婿也无轻慢。（生叹介）罢了。这恩爱前悭后悭，这姻缘左难右难，我就里好胡颜。（韦低问）你就此亲受用也？（生低语）夏卿，李君虞何处不讨得受用？岂须于此。只此人兄弟将相，文武皆拜其下风，既有此情，不可骤然触忤。承顾眷，只说俺多愁绪成病看看，堂候官，看俺出塞星霜鬓影残。卢小姐呵，他正是画梁晓日朝云盼，肯向咱客舍秋风暮雨阑。

【前腔】（堂）丘山。他势压朝班，只为怜才肯把仙郎盼。你怎推辞？只怕就里一段风波，到为云雨摧残。（低语云）参军爷，岂不知太尉威福齐

第一章 《紫钗记》剧作情境分析

天,你且从权机变,暂时应诺,再取次支吾脱绽。(韦)堂候此言有理也。你不是倦游司马朝参懒,俺只怕丞相嗔来炙手难。

【前腔】(生)无端。宦兴归期晚,没缘故挣着双眼。自投羁绊。(悲介)误婵娟几年,俺万千相思,重门阻人离恨关。堂候,你为我多多拜上老太尉呵,中情一点愁无限,全仗你、这其间作方便,看天上人间。(堂)俺小人自能回话,参军不可固辞。(生)怎忘得他探灯醉玉钗头暖,誓枕余香袖口寒。

【前腔】(堂)愁烦。待把佳期缓,也须咱言语转旋。(韦)此事堂候回报,不须小生再行。(对堂候低介)天赐好姻缘,看仙郎有意,和俺对腹难言。(生)拨不断的红丝怎缠,这红鸾且求他宽限。(堂辞介,生)堂候且住呵,逢好事望周全。夏卿兄,俺在此花阴月色难驱遣,你去呵,柳影风声莫浪传。

(韦)可知道。请了。(生)故人相见话匆匆,(韦)自有新人富贵丛。(堂)有缘千里能相会,(生)无缘对面不相逢。(下。韦吊场)嫦娥不见影沉沉,尽把闲愁占伏吟。画虎画皮难画骨,知人知面不知心。俺夏卿怎生道这几句?当初李十郎花灯之下,看上郑家小玉姐,拾钗定盟,拈香发誓。拟待双眠双起,必须同死同生。一旦征骖,三年断雁。现留西府,还推无可奈何。听说东床,全不见有些决断。言来语去,尽属模糊。移高就低,总成缱绻。看来世间痴心女子,反面男儿也。

韦夏卿欲要探听李益的真实想法,与堂候官一起来向李益提亲。李益口口声声不忍辜负小玉,但惧怕卢家官高势大,不敢当面触忤,仍旧采取逃避、回旋的态度。堂候官也看不下去,出主意拖延时日。李益只得百般求情堂候官,请他在卢太尉面前周旋,又连忙反过头关照韦夏卿不要去乱传消息。韦夏卿将李益看透，回想当初李益与小玉相遇相识的情形，感叹"画虎画皮难画骨，知人知面不知心"。可以说，霍小玉与李益的爱情波折一方面是卢太尉的逼迫、构陷；另一方面是李益的畏缩个性难辞其咎。汤显祖刻意塑造了这么一个人物形象，将所有的矛盾压力倾斜到小玉一个弱女子身上，激发出小玉为情不惜一切的坚韧行动，强化了剧作主题。尽管最后仍是大团圆的结局，也表现出李益坚守爱情的坚强决心，但是对于李益形象的刻画依旧是一种极大的损害。

此外，在《紫钗记》中，将卢太尉设置为矛盾的强大对立面，是剧作者进一步深化、表达主题的需要。卢太尉这个人物是新加入的，通过他一出场的自报家门，直接点出他是"京城第一权贵"，是官僚贵族的典型代表。在剧中，卢太尉的每一段戏都紧紧围绕李、霍爱情悲剧来展开，紧扣主题，牢牢抓住主要的戏剧冲突。通过一系列对卢太尉的描写，生动地刻画出一个专横跋扈、阴险狠毒、自私冷酷、滥用权势、草菅人命的大官僚形象，是造成李、霍悲剧的罪魁祸首。

实际上，从《紫箫记》到《紫钗记》，汤显祖已经在尝试以戏文来表达他的思想追求，从两部作品的比较来看，汤显祖对艺术创作审美规律的把握开始显现出了自觉性，也逐渐符合了戏文的创作规律。《紫箫记》虽然书斋气息比较浓，是游戏笔墨的"案头之书，非台上之曲"，却表现出了模糊的或无意识的"情至"思想。而在《紫钗记》中，对这一思想意识的表达与描写得到了极大改观。把患有"情痴"的霍小玉渲染成了为追寻李益而不惜抛散家财、变卖居物；为了把这种情义无价的思想表达得更深刻，又增加了卢太尉这个处心积虑地隔阻他们爱情的对立人物，正是由于这一个人物的贯穿始终，顿使全剧有了真实而强烈的矛盾冲突，结构随之紧凑，主题豁然开朗，集中表现了霍小玉所恪守的"情至"观念与对立势力的生死搏斗。正如第一出回目所示"人间何处说相思？我辈钟情似此！"这样，卢太尉形象的创造，就成为《紫钗记》与处女作《紫箫记》的一个具有里程碑意义的重大区别。汤显祖在《〈紫钗记〉题词》中自述其对剧中人物的看法是："霍小玉能作有情痴，黄衣客能作无名豪，余人微各有致。第如李生者，何足道哉！"有情达到"痴"的程度，可谓至矣。在这样的创作构思下，《紫钗记》中的人物展现出与小说《霍小玉传》，甚至与其初稿《紫箫记》完全不同的面貌。从《〈紫钗记〉题词》看，汤显祖对李益的评价并不高，作者的意图很清楚，是为了成全"情痴"霍小玉的人生愿望，才写李、霍团圆的。

汤显祖对于戏曲创作的规律一旦成熟掌握，立即诞生了震古烁今的戏文名篇，如若不然，即便思想如何深刻，断不能在戏曲历史上留下一席之地。《紫钗记》之后的《牡丹亭》，乃至再后来的《邯郸记》《南柯记》，汤显祖对于戏曲的艺术规律越发了熟于心，其作品的艺术性也越发高超，这才成就了"临川四梦"的光耀辉煌，流芳百世。

第二章 《牡丹亭》剧作情境分析

第二章 《牡丹亭》剧作情境分析

《牡丹亭》创作于万历二十六年（公元1598年），是汤显祖挂冠而去不久后着手而成。多年来对现实生活桎梏的不满和压抑，对自身壮志难酬的愤懑和苦闷，使剧作家的情感在创作中获得了极大的爆发，成就了这部精彩绝伦的《牡丹亭》。该剧全本五十五出，按照戏曲剧本的惯例，剧情大意在第一出《标目》中直接传达给观众：

> 杜宝黄堂，生丽娘小姐，爱踏春阳。感梦书生折柳，竟为情伤。写真留记，葬梅花道院凄凉。三年上，有梦梅柳子，于此赴高唐。果尔回生定配。赴临安取试，寇起淮扬。正把杜公围困，小姐惊惶。教柳郎行探，反遭疑激恼平章。风流况，施行正苦，报中状元郎。

身处深闺的青年女子杜丽娘因为梦到书生柳梦梅而陷入爱情，醒来后因情而伤，因情不得而死；死去三年后遇到柳梦梅，又起死回生，终成眷侣。剧本以主人公杜丽娘与柳梦梅的爱情追求为主线结构全剧，而杜丽娘为情而死、为情而生的传奇经历，构成了剧本的全部。按照主人公杜丽娘的命运历程，剧本可以分为四个段落：第一个段落，游园惊梦之前；第二个段落，惊梦之后到死去；第三个段落，死去以后；第四个段落，死而复生。从这四个段落中，我们可以清晰地看到杜丽娘的形象前后有着极大的变化、反复，但也存在诸多令人费解之处。

一个身处闺阁的大户千金，幼秉闺训、一门不出二门不迈，甚至连自家花园都不曾踏足过，为何会在花园里梦游之时，与一年轻陌生男子发生关系？按照她所受到的教育，即使做了这样的春梦也是有罪的。当杜丽娘向她的母亲诉说心中痴怨的时候，杜夫人立刻言辞严厉地制止了她。可杜丽娘却一往而深，竟然爱上了这个梦里出现的和自己仅有一面之缘的男子，并且相思致死。变作鬼魂之后的杜丽娘，更是跨过千万里寻来，从阴曹地府遍寻到人间，隔着生死的距离也要和梦中的男子柳梦梅完其前梦、共赴欢好。这样至情至深的杜丽娘在死而复生之后，终于可以光明正大地跟柳梦梅在一起了，但她突然间却变成一个谨守妇德的女子，要求柳梦梅和自己必须有父母之命、媒妁之言才能完婚，并要求他进京赶考。这还是那个在花园里梦到一个陌生男子就能和他欢好的杜丽娘吗？这还是那个死后以鬼魂的形态与他相恋相守日夜如夫妻的杜丽娘吗？显然不是。杜丽娘为情而死为情复生，生死都可以超越的感情，如果生死这些人世间最大的客观存在都无法撼动她的爱情，那么她早在第一天梦到柳梦梅的时候就应该千山万水找他去！为一场梦、为一个梦中幽媾的男子，就可以抛下一切凡俗，跋山涉水、千万里吾往矣的女子，不是更浪漫、更"情至"化吗？

　　杜丽娘身上的疑窦正源于她的两面性，这一疑问无法解开，这个人物形象就不会明晰，这部剧作也就无法真正进入。对于一个剧作家来说，形式要大于主题。塑造人物，探讨人物内在的可能性、潜在的性格心理和情感生命，这才是剧作家真正的任务。离开情境无法谈人物，而梦境正是这个剧本中最独特的情境元素。剧中《惊梦》一折就像是作者福至心灵的神来一笔，一场梦境颠覆了女主角前后的形象，给我们展现了一派不同的风情。梦境同时也是主人公杜丽娘命运转折的关键，使一个双面的杜丽娘在我们面前呈现出来，也正是这个梦境使得一个千篇一律的才子佳人反抗封建礼教的故事化腐朽为神奇。

第二章 《牡丹亭》剧作情境分析

第一节 杜丽娘的内心欲求

我们要读解人物的双重性,应从梦境入手。首先来看杜丽娘在"游园惊梦"之前处于一个怎样的情境当中。

在"游园惊梦"发生之前,杜丽娘可以说是生活在一个十分幸福的环境之中。第三出《训女》,杜宝第一次登场自报家门:

> ……自家南安太守杜宝,表字子充,乃唐朝杜子美之后。流落巴蜀,年过五旬。想廿岁登科,三年出守,清名惠政,播在人间。内有夫人甄氏,乃魏朝甄皇后嫡派。此家峨眉山,见世出贤德。夫人单生小女,才貌端妍,唤名丽娘,未议婚配。看起自来淑女,无不知书。……

这是戏曲剧本的惯例,人物上场自报家门,虽然是演员直面观众的语言动作,但却是以叙述的形式来表现人物当时的状态。杜宝在这个剧本中虽不是主角,但是作为主人公杜丽娘的父亲,上场介绍女儿的基本情况,对于一个深处闺阁的大家闺秀来说,用这种含蓄的写法介绍其背景,是可以理解的。这些叙述的部分不是戏剧动作,而是依照戏曲惯例对人物当下情境的简单介绍，使观众可以在短时间内对人物背景等基本情况进行了解，以便为接下去真正重要的戏剧场面的展开做好铺垫。

在杜宝的这段叙述中，我们可以捕捉到如下信息：杜丽娘出身名门，父亲杜宝是唐代杜甫后人，母亲甄氏又是魏朝甄皇后的嫡派，传至如今，虽遭冷落，但也位居一方太守多年，而且"清名惠政，播在人间"，是一位深受百姓爱戴的大清官。杜丽娘又是家中独女，用甄氏的话来说就是"娇养他掌上明珠，出落的人中美玉"。而且杜宝对原配甄氏情深义重，虽然甄氏无子，但杜宝有了杜丽娘承欢膝下，便打消了三妻四妾的念头，对如今的生活感到十分满足。即使之后杜丽娘香消玉殒三年有余，杜宝依然没动另娶妾室、再添子嗣的念头，依然守着老妻甄氏相敬如宾。足见杜宝夫妇情深义重，以及杜丽娘在父母心中的地位。在父母眼中，她更是"自来淑女、才貌端妍"、知书达理，这样的杜丽娘，在杜宝的描述中，出现在观众眼前的应是一位标准的大家千金，淑娴守礼、端庄持重。

杜宝的叙述完毕，说道自己"今日政有余闲"，于是请出夫人一同去探望闺阁中的女儿杜丽娘。夫妻二人上场，戏剧场面正式拉开。两人来到杜丽娘的闺房，看到的是什么？这里杜丽娘的唱词前有人物舞台动作的提示："贴持酒台，随旦上"。丫鬟春香拿着酒具，跟着杜丽娘。杜丽娘脸色酡红，已然喝过酒了。在之前杜宝夫妇的叙述性介绍中，我们得知杜丽娘是一个矜持端庄、沉稳淑娴的千金小姐，可是杜丽娘第一次上场第一个舞台动作竟然是喝酒，一个闺阁女子、大家闺秀在自己的闺房里喝酒，这是很有意思的一个对比。显然，杜丽娘并不是别人眼中教科书式的大家闺秀模样，而是一个鲜活的有意思的人物形象，这点在主人公第一次出场就已经埋下了伏笔。那么此时，面对父母的质问，杜丽娘又是怎么回答的呢？她不急不恼，笑着给爹娘请安，并说道："娇莺欲语，眼见春如许。寸草心，怎报的春光一二！"她不疾不徐地说道："我看春光如此好，就想到自己这寸草一样的心意，如何能报答父母对我如同春光普照大地一般浩大的恩情呢？我这酒，就是为了敬父母而喝的。"

这一回答十分得体，把一个在闺中喝酒的错误之举变成了感恩父母的孝顺之举。如果真是因为心怀对父母的感恩，为何自己在房中喝酒？杜丽娘并不知道父母要来看她，要敬酒难道不该在厅堂之中，最不济也应在父母房中，而不是独自在闺房。这样的回答既圆了自己独自喝酒的事，又完全不失一个大家闺秀、名门千金的风度气质。杜丽娘不可谓不聪明。

主人公正式出场的第一个戏剧场面，寥寥几笔就把杜丽娘的形象变得丰富而鲜活。她不是传统我们所熟知的教科书一般的大家闺秀，那只是她其中的一面，她的另一面是聪明且与众不同的。就是这样一个与众不同的杜丽娘，才会在接下来的游园惊梦中表现出与现实中完全不一样的激情。杜丽娘的双面形象在这里，第一个戏剧场面中就已埋下伏笔。

我们可以看到，戏曲剧本固然有它本身的约定俗成和惯例，人物上场后大段的叙述，这些固然会使我们在最短时间内对人物有所了解，但我们真正要深入人物内在的情感世界，知晓人物潜在的心理动机，却不得不从戏剧场面入手。场面是一个完整的戏剧逻辑模式展开的最小单元，正是这些戏剧场面的运动，最终形成情境的运动，指向人物的命运变迁。而它和人物的契合点正是动机，我们知晓人物的深层动机，才能获知人物丰富的内心世界，感知人物浩瀚的情感生命。在这一点上，戏曲与戏剧是有着难以抹去的共性的。就刚才分析的这一场面来说，正是杜丽娘闺中饮酒，杜宝夫妇发现她白日无事便闲眠，于是杜宝决定要为她找一个老师来授课。这时甄氏回答要好好为女儿找个女先生来授课，杜宝却拒绝了，他说要请便请最好的老师大儒者陈最良来授课。这点杜宝有几层考虑，处在他自己的情境当中，他一生无子，只有杜丽娘一个女儿，所以希望找个将来能高中的好女婿来继承门楣。既然是要找个才华横溢的秀才做女婿，那么杜丽娘就该真正学点儒家的东西,将来能和丈夫有更多的共同语言,"不枉谈吐相称"。我们可以看到,杜宝的想法是当时社会的主流想法,而且丝丝缕缕都是为了杜丽娘,可以说是可怜天下父母心。甚至于当时来说,杜宝一点都不封建,也并不是一个奉礼教为一切处世金箴的刻板之人,他没有按照闺阁礼仪为女儿延请女先生授课,他认为要学就该学点真正好的东西。杜宝的这些决定,杜丽娘全程旁听,完全没有一点参与,当然,三从四德、在家从父,杜丽娘也不可能对此发表意见。但是杜丽娘对这样的安排,满意吗?心里又是怎么想的呢?陈最良来上课了,对于杜丽娘来说,情境向前运动,新的情境刺激到人物内心,引发了怎样的动作,能助我们反观人物真正的内心世界?试看第七出《闺塾》。

(末上)"吟余改抹前春句,饭后寻思午晌茶。蚁上案头沿砚水,蜂穿窗眼咂瓶花。"我陈最良,杜衙设帐,杜小姐家传《毛诗》,极承老夫人管待。今日早膳已过,我且把毛注潜玩一遍。(念介)"关关雎鸠,在河之洲。窈窕淑女,君子好逑。"好者,好也;逑者,求也。(看介)这早晚了,还不见女学生进馆。却也娇养的凶。待我敲三声云板。(敲云板介)春香,请小姐解书。

【绕池游】(旦引贴捧书上)素妆才罢,缓步书堂下。对净几明窗潇洒。(贴)《昔氏贤文》,把人禁杀,恁时节则好教鹦哥唤茶。

(见介)(旦)先生万福。(贴)先生少怪!(末)凡为女子,鸡初鸣,咸盥、漱、栉、笄,问安于父母。日出之后,各供其事。如今女学生以读书为事,须要早起。(旦)以后不敢了。(贴)知道了。今夜不睡,三更时分,请先生上书。(末)昨日上的《毛诗》,

第二章 《牡丹亭》剧作情境分析

可温习？（旦）温习了。则待讲解。（末）你念来。（旦念书介）"关关雎鸠，在河之洲。窈窕淑女，君子好逑。"（末）听讲："关关雎鸠"，雎鸠是个鸟；关关，鸟声也。（贴）怎样声儿？（末作鸠声）（贴学鸠声，诨介）（末）此鸟性喜幽静，在河之洲。（贴）是了。不是昨日是前日，不是今年是去年，俺衙内关着个斑鸠儿，被小姐放去，一去去在何知州家。（末）胡说，这是兴。（贴）兴个甚的那？（末）兴者，起也，起那下头。窈窕淑女，是幽闲女子，有那等君子好好的求他。（贴）为甚好好的求他？（末）多嘴哩。（旦）师父，依注解书，学生自会。但把《诗经》大意，敷演一番。

……

书讲了。春香取文房四宝来模字。（贴下取上）纸、墨、笔、砚在此。（末）这什么墨？（旦）丫头错拿了，这是螺子黛，画眉的。（末）这甚么笔？（旦作笑介）这便是画眉细笔。（末）俺从不曾见。拿去，拿去！这是甚么纸？（旦）薛涛笺。（末）拿去，拿去。只拿那蔡伦造的来。这是甚么砚？是一个？是两个？（旦）鸳鸯砚。（末）许多眼？（旦）泪眼。（末）哭甚么子？一发换了来。（贴背介）好个标老儿！待换去。（下换上）这可好？（末看介）着！（旦）学生自会临书。春香还劳把笔。（末）看你临。（旦写字介）（末看惊介）我从不曾见这样好字。这甚么格？（旦）是卫夫人传下美女簪花之格。（贴）待俺写个奴婢学夫人。（旦）还早哩。（贴）先生，学生领出恭牌。（下）（旦）敢问师母尊年？（末）目下平头六十。（旦）学生待绣对鞋儿上寿，请个样儿。（末）生受了。依《孟子》上样儿，做个"不知足而为屦"罢了。（旦）还不见春香来。（末）要唤他么？（末叫三度介）（贴上）害淋的。（旦作恼介）劣丫头，那里来？（贴笑介）溺尿去来。原来有座大花园，花明柳绿，好耍子哩。(末)哎也，不攻书，花园去。待俺取荆条来。(贴)荆条做什么？……

一开场，陈最良已经早早上了场，可是久不见杜丽娘来。按照杜宝的家风，杜丽娘应该比陈最良更早到，等待老师前来才是符合规矩的。可是杜丽娘并没有，只等到陈最良敲了三声云板，并让春香请小姐解书，杜丽娘才"缓步书堂下"。杜丽娘这里的心声，通过丫鬟春香，从侧面呈现了出来。对着"净几明窗"的书堂，春香说道："《昔氏贤文》，把人禁杀。"《昔氏贤文》是古代的教育启蒙读物，放在这里指那些要学习的诗书礼仪，恰是这些东西把人拘束死了。这是春香的心情，也是杜丽娘此刻心情的间接表达。当陈最良要杜丽娘明日须要早起的时候，春香直接说道："知道了，今夜不睡了，三更时分就请先生上书。"这是明显带着挑衅的话，杜丽娘却并没有制止。一个丫鬟的身份说出这样的话来，显然是小姐本人的心思。在接下来的授课当中，春香更是一再插科打诨，句句打断陈最良上课。一会儿学鸟叫，一会儿又把"关关雎鸠，在河之洲"解释成斑鸠飞去了何知州家，一会儿又故作不解追问陈最良何为"君子好逑"，直到把陈最良闹成大红脸。帮小姐杜丽娘带的文房四宝竟然变成了螺子黛、鸳鸯砚、薛涛笺。这些本是丫鬟的分内之事，准备小姐第二日上课用的文房四宝，春香竟全部带成女子闺阁之物，而杜丽娘竟也没有恼她。春香闹了一把学堂，又借口出恭去旁边的花园玩耍。杜丽娘虽然当着先生的面训斥了春香，但一下课却急急地问那花园所在。

我们从中可以看到，这一出戏明写春香闹学，暗写杜丽娘的心理状态，也就是对当下生活的不满足。作者两次表现杜丽娘内心叛逆的戏剧场面全部采用含蓄的手法来呈现。第一次是借杜宝的叙述和实际场面中杜丽娘的舞台动作的反差来呈现；第二次是借一个侧面人物——丫鬟春香来呈现。两

第二章 《牡丹亭》剧作情境分析

个戏剧场面，通过对杜丽娘的戏剧动作背后动机的探寻，我们获知杜丽娘内心的叛逆和不满足。那么问题来了，杜丽娘的心中始终存在着隐隐的不满足，究竟是为什么呢？那个时候的杜丽娘并没有梦见柳梦梅，爱情还无从谈起，她到底在不满足什么？如之前所分析的，杜丽娘的生活应该说十分幸福，她是家中独女，父亲是个清官好官，为人正直，并且即使膝下无子也没有三妻四妾。杜宝对杜丽娘也是关怀备至，之所以让她读书，也是为了日后嫁给夫婿能谈吐相称，杜宝不仅没有阻止她去追求心中的美好爱情，甚至是一力促成。更何况在这个时候，杜丽娘心中并没有喜欢的人，更谈不上压迫。那么她的不满足又是从何而来呢？

作者借由人物为何内心不满足这个指向，通过一个又一个按照情境运动铺排开来的戏剧场面将杜丽娘的双面形象剖析、呈现，使我们能够进入人物。

可以说，在"梦境幽媾"之前，杜丽娘内心的不满足并没有明确的指向。她只是顺从自己的内心，做着下意识的反抗。不管是白日闲眠，还是上课故意迟到，更在先生讲课时婉转地打断："依注解书，学生自会。"这些细节不着痕迹，我们固然可以感知人物内心的不满足和叛逆，但是对于杜丽娘来说，只是对当时情境的下意识反应，是遵从当时内心作出的潜意识行为。甚至杜丽娘自己当时也是不知道的，如果她知晓自己内心对这一切的不满，那么，以她之后所表现出来的敢爱敢恨的性格，她应该在杜宝准备为她延师的时候就出声反对。不仅仅是因为礼教之故，杜丽娘心里也很清楚杜宝完全是为了自己好，她是认可杜宝的决定的，并且认为这样很正确。所以，杜丽娘完全没有立场反对。足见，杜丽娘对自己真正的心意在彼时还并不自知，因此她所有的反抗都是下意识的，作者在表达上也都是含蓄地暗写。我们可以看到，人物的内在丰富性，随着情境的运动已经一点点展露出来了。但作者显然并不满足于此，惊天逆转就发生在"游园惊梦"之后，而我们之前的疑问——杜丽娘的不满究竟来自何处，也且看"游园惊梦"一折。

第二节　杜丽娘的自我本真

本剧第一个重要的舞台事件——游园惊梦的发生,是该剧结构上的一个重大转折,也是全剧的核心。剧作家通过"梦境"这一手段,给杜丽娘营造了一个有力契合其内在情感的情境,将杜丽娘内心深处的诉求充分释放出来。

如果说在游园惊梦发生之前的杜丽娘只是含蓄而婉转地表达着内心的不满足,那么在这一舞台事件之后,杜丽娘的主观意志就成了全剧情境的走向,引导接下来剧情的发展。

第十出《惊梦》由两套曲牌组成,【绕池游】为杜丽娘游园时候所唱,【山坡羊】为杜丽娘和柳梦梅梦中幽会时所唱。前者游园,后者惊梦,二者合为这出剧本里最重要的一场戏:"游园惊梦"。然而游园惊梦中的梦又是如何展开的呢?

早春三月,春光乍好,杜丽娘第一次违背父母师长的训诫,迈出深闺,游览花园。对杜丽娘来说,于春光潋滟中闲步花园,赏春景、沐春光,这是当下的她头等重要的大事。早在杜丽娘第一次登场的时候,她对春的美好向往就已跃然而出,眼下终于要游赏花园,或许还有着自己小小的叛逆所带来的雀跃,去做一件让她快乐的、家人却不让她做的事。第十出《惊梦》

第二章 《牡丹亭》剧作情境分析

一开场:

[乌夜啼]"（旦）晓来望断梅关，宿妆残。（贴）你侧着宜春髻子，恰凭阑。（旦）翦不断，理还乱，闷无端。（贴）已分付催花莺燕，借春看。"（旦）春香，可曾叫人扫除花径？（贴）分付了。（旦）取镜台衣服来。（贴取镜台衣服上）"云髻罢梳还对镜，罗衣欲换更添香。"

这段主仆对白放在第十出开场第一个戏剧场面之中，杜丽娘游园之前。照理说名为惊梦，笔墨应集中在梦境，游园部分，甚至游园之前，作者为何还要大加笔墨呢？这当然也是为了塑造人物的需要。只是去自家花园游赏而已，一不见客，二不出家门，三不惊动任何人，更没有人为她画像留念，可杜丽娘呢？除了吩咐佣人打扫花园之外，更是梳妆打扮好半晌，对着镜子看了又看，连适合园中斜倚小憩的发髻都是想了又想。这哪里是自家花园里走走的架势，分明就是去相亲的排场。这一段同样借春香为引子，以这些舞台动作将杜丽娘的心思细细描摹。

一番梳妆后，终于来到花园，杜丽娘面前展现出一个美丽的新天地:

【皂罗袍】原来姹紫嫣红开遍，似这般都付与断井颓垣。良辰美景奈何天，赏心乐事谁家院！恁般景致，我老爷和奶奶再不提起。（合）朝飞暮卷，云霞翠轩；雨丝风片，烟波画船——锦屏人忒看的这韶光贱！

（贴）是花都放了，那牡丹还早。

【好姐姐】（旦）遍青山啼红了杜鹃，荼蘼外烟丝醉软。春香啊，牡丹虽好，他春归怎占的先！（贴）成对儿莺燕啊。（合）闲凝眄，生生燕语明如翦，呖呖莺歌溜的圆。

"遍青山啼红了杜鹃,荼蘼外烟丝醉软",花园里是"姹紫嫣红开遍"。杜丽娘心心念念的春景,如此美丽并不辜负她的期盼,照理说此时她应该感到无比畅快满足,游兴大增才是。可实际上呢?她竟然因此而伤感了,伤感中又开始无奈,最后竟然在神伤中打算睡一觉。因为作者要塑造的杜丽娘,是双面的形象,正是因为春光艳丽,越艳丽便越伤感,由景及人,这是杜丽娘从未见过的美景,可是为什么这样美好的东西竟然是必须违背父母训诫,违背闺阁约束才能看到。那些被约束住的对美好事物的向往,内心对现有生活的不满足一下子纷至沓来,占据了杜丽娘的心头。如果说之前只是对现有生活下意识的不满足和反抗,在游园之后就变成了切切实实的不满足。这种不满足又引着杜丽娘伤感自身,她何尝不像这满园的春色一般让人给藏了起来。明明正当韶华,偏偏无人欣赏。

在《牡丹亭》里,最具传奇性的情境元素是梦境,我们知道梦境在汤显祖的"临川四梦"中是一个非常独特的情境元素,在塑造人物上有着十分重要的作用。那么《牡丹亭》中的梦境有什么独特的地方呢?不同于《南柯记》中如同现实传奇一般的梦境,主人公从头到尾都不清楚自己出现在梦境之中,《牡丹亭》中的梦境,就是一场彻底虚无缥缈的梦。

(梦生介)(生持柳枝上)"莺逢日暖歌声滑,人遇风情笑口开。一径落花随水入,今朝阮肇到天台。"小生顺路儿跟着杜小姐回来,怎生不见?(回看介)呀,小姐,小姐!(旦作惊起介)(相见介)(生)小生那一处不寻访小姐来,却在这里!(旦作斜视不语介)(生)恰好花园内,折取垂柳半枝。姐姐,你既淹通书史,可作诗以赏此柳枝乎?(旦作惊喜,欲言又止介)(背云)这生素昧平生,何因到此?(生笑介)小姐,咱爱杀你哩!

第二章 《牡丹亭》剧作情境分析

【山桃红】则为你如花美眷，似水流年，是答儿闲寻遍，在幽闺自怜。小姐，和你那答儿讲话去。（旦作含笑不行）（生作牵衣介）（旦低问）那边去？（生）转过这芍药栏前，紧靠着湖山石边。（旦低问）秀才，去怎的？（生低答）和你把领扣松，衣带宽，袖梢儿搵着牙儿苫也，则待你忍耐温存一晌眠。（旦作羞）（生前抱）（旦推介）（合）是那处曾相见，相看俨然，早难道这好处相逢无一言？（生强抱旦下）

杜丽娘说自己感到困乏，于是睡着了。这时柳梦梅拿着柳枝上场，一上来便说："呀，小姐，小姐！小生那一处不寻访小姐来，却在这里！"这时候杜丽娘的反应是"（旦作惊起介）、（旦作斜视不语介）"，很明显，杜丽娘的舞台动作和柳梦梅完全相对，柳梦梅认识杜丽娘，因此台词显得热情和熟悉，而杜丽娘却完全不认识柳梦梅。先是惊起，然后斜视不语。"（背云）这生素昧平生，因何到此？"而柳梦梅却立刻直接地说道："小姐，咱爱杀你哩！"

对于杜丽娘来说，现实世界中哪有这样直接的爱意表达？她想起自己刚刚睡前在花园里游赏春景，感慨这春色已然，却没人欣赏，心里苦闷。此时却有一个书生入梦而来，直晃晃说出了她的心事，想爱又不敢爱的心思被一瞬间点破。于是杜丽娘的舞台动作提示变成"（旦作含笑不行）、（旦作羞）"，女子心情的变化几经辗转，十分丰富。既然是梦境，又有这主动说爱的书生牵引着，于是杜丽娘半推半就地与他成就了好事。而她游园之前作者用具体的戏剧场面刻画了人物描眉梳妆的行为，似乎也成了梦境相遇的伏笔。就是满心的期盼，才会成就这场传奇梦境。戏曲本就有以叙述表达人物状态的惯例，但是这场游园之前杜丽娘梳妆打扮的戏，却被作者严肃地写成一个完整的戏剧场面，作者的用意可见一斑。而以场面的形式来更深层次地塑造人物的同时，也和这折戏最后的惊梦桥段，做了结构上的首尾呼应。从游园前到游园再到惊梦，情境的变换都是通过具体的场面来体现，真实地在观众眼前呈现着女主人公复杂丰富的内心世界。

从之前的分析可以看到，《牡丹亭》里倏忽来去、踪影难寻的梦境，完全就是花园春闺里的一场虚幻的春梦，正是因为它虚幻难觅，所以在闺训教育下长大的杜丽娘才会在那一刻表现出另一面潜藏的自己，勇敢地去追求爱、追求性。这在杜丽娘清醒的时候是不敢想的，也是不可能发生的。设想一下，如果杜丽娘经历的梦境是和淳于棼一样真假难辨、恍若现实的传奇梦境呢？杜丽娘还敢如此大胆不羁地和一个不知姓名、不知身份的陌生男子发生关系吗？还敢千万里相寻，即使死后也要完其前梦、共赴欢好吗？就是因为杜丽娘自己也十分清楚这是一场梦，仅仅是一场梦而已，所以才会完全释放潜意识的自己，让我们看到了一个完全不同的杜丽娘。现实生活里那些不敢、不能做的事，那些别人不叫她做、不叫她想的事，偏偏是那些她舍不得丢弃和放下的。难道梦里还不能全由自己做一回主，尝尝随心所欲的滋味吗？也正是这样的梦境特点，和人物的性格心理的完全契合，才会在那样的情境下，发生"惊梦"的妙事，为人物提供了展现其隐藏的内心世界的可能性，也提供了我们探知人物双面性的契机。在"游园惊梦"之后，人物形象才真正塑造完成，一个双面的杜丽娘被我们所熟悉，剧本接下来的情境走向也因为这个戏剧事件变得明朗起来。

"游园惊梦"之后，情境发生了新的变化，杜丽娘的爱情欲望在春色中觉醒。那些不被家人所允许的，那些不被贵族社会所允许的，竟然都是如此美好又如此天性使然的事，竟然在梦里才能成就，这教杜丽娘感受到了真真实实的伤感。《寻梦》一出中，杜丽娘茶饭不思，心神烦乱，为梦境所困扰，只得再去园中寻梦：

【月儿高】（旦上）几曲屏山展，残眉黛深浅。为甚衾儿里不住的柔肠转？这憔悴非关爱月眠迟倦，可为惜花，朝起庭院？

"忽忽花间起梦情,女儿心性未分明。无眠一夜灯明灭,分煞梅香唤不醒。"昨日偶尔春游,何人见梦。绸缪顾盼,如遇平生。独坐思量,情殊怅恍。真个可怜人也。(闷介)(贴捧茶食上)"香饭盛来鹦鹉粒,清茶擎出鹧鸪斑。"小姐早膳哩。(旦)咱有甚心情也!

【前腔】梳洗了才匀面,照台儿未收展。睡起无滋味,茶饭怎生咽?(贴)夫人分付,早饭要早。(旦)你猛说夫人,则待把饥人劝。你说为人在世,怎生叫做吃饭?(贴)一日三餐。(旦)咳,甚瓯儿气力与擎拳!生生的了前件。你自拿去吃便了。(贴)"受用余杯冷炙,胜如剩粉残膏。"(下)(旦)春香已去。天呵,昨日所梦,池亭俨然。只图旧梦重来,其奈新愁一段。寻思展转,竟夜无眠。咱待乘此空闲,背却春香,悄向花园寻看。(悲介)哎也,似咱这般,正是:"梦无彩凤双飞翼,心有灵犀一点通。"(行介)一径行来,喜的园门洞开,守花的都不在。则这残红满地呵!

【懒画眉】最撩人春色是今年。少什么低就高来粉画垣,元来春心无处不飞悬。(绊介)哎,睡荼蘼抓住裙衩线,恰便是花似人心好处牵。这一湾流水呵!

【前腔】为甚呵,玉真重溯武陵源?也则为水点花飞在眼前。是天公不费买花钱,则咱人心上有啼红怨。咳,辜负了春三二月天。

自从做了这一场春梦,杜丽娘愁思百转,寝食难安,去到园中,看着一处处旧物相识,却只是虚梦一场。不觉神思恍惚,入情已深。如果梦中的书生是真实存在的,那即使千山万水也能寻他去,可偏偏这只是一场梦。如今梦醒了,徒然怀念梦里的一切,却发现在现实生活里根本找不到落脚点,一种强大的无力感扑面而来。以前那些隐隐的不满足立刻有了全新而明确的指向,拥有了之后的失去也显得格外残忍。

如果没有"游园惊梦",杜丽娘也许会像所有的闺阁少女一样,会像她的母亲一样，压下内心隐约而不为人知的小不满，嫁为人妇，相夫教子，度过一生。她也许永远不会感觉到自己内心的不满，也许永远不会发现内心真正的诉求。正是这个神奇的梦境给了杜丽娘强有力的情境，让杜丽娘的人物形象立体呈现在我们面前。另外，梦境的这场戏不仅成为塑造人物形象的重要起点，更真正改变了人物的命运和剧本情境的走向，又直接导致了接下来剧情的发生发展。在剧本的结构中有着不可或缺的作用。

一个深闺少女，在花园里做了一场春梦，梦见一个年轻书生，不仅一见钟情，更在梦中与之幽媾。这显然不可能发生在一般的深闺女子身上。杜丽娘就是这样一个不一般的女子，她内心蓬勃的情欲在梦境中冲破了现实对她的桎梏，她第一次可以顺着自己的心意去做自己愿意的事，这成为她自己的自由感，让她不能自拔。于是梦醒之后，她再次寻梦，却无奈梦空。从第十一出《慈戒》到第二十出《闹殇》，整整十出戏是杜丽娘梦醒后生命之火一点点燃烧殆尽的过程。

第十二出《寻梦》是正面写杜丽娘梦醒后再去花园寻梦的场面。对于这个段落的杜丽娘来说，这场戏至关重要。梦醒后的纠结、忧郁、惦念和心底的那些许期盼，在寻梦之后通通变成了绝望，化为蚕食她剩余生命力量的黑暗。杜丽娘最终滑向死亡，也是从这场戏开始。

春日花园里的一场邂逅，让她在面对了母亲的训诫后变得更加晦暗不明，她的双面个性让她习惯性地隐藏起自己的真性情。并不是杜丽娘不肯为她自己的幸福去争取，而是她心里就认为母亲的训诫之语是正确的。如果她仅仅是因为梦中人难寻，那品尝了爱的甜蜜滋味之后的杜丽娘，完全可以离家出走，去自由地寻找自己的爱情。可是她并没有，因为她心底里并不认可这样做，母亲的不理解虽然让她痛苦，可正是因为她认为是正确的，所以更加痛苦。最难交代的人永远是自己。可是梦去了，又寻不得，难道还不能重回花园，感受梦里的温存吗？就算片刻也好。所以杜丽娘独自来到花园。从杜丽娘第一次登场以来，一直到游园惊梦，杜丽娘的出场必定伴随着春香，而这场戏，杜丽娘是独自登场，春香并不知道小姐去了哪里。所以寻梦过半，春香找来，口里说着："吃饭去，不见了小姐。"可见，杜丽娘是在春香去吃饭后，独自偷偷前来。因为杜丽娘要寻找的，是不能对外人道的东西。

杜丽娘真的爱柳梦梅这个梦中人不能自拔到至死方休吗？这个场面中，杜丽娘独自在花园中伤怀，她唱道：

【品令】他倚太湖石，立着咱玉婵娟。待把俺玉山推倒，便日暖玉生烟。挨过雕阑，转过秋千，掯着裙花展。敢席着地，怕天瞧见。好一会分明，美满幽香不可言。

杜丽娘按着梦里两人初见的梅花树，两人耳鬓厮磨，从太湖石到玉雕阑，从花园里的秋千到幕天席地，一幕幕都是对梦境里欢好的回味，一丝丝去寻找梦里的温存，可是只剩下断井颓垣，连春色也失去了第一次见到时美到忧伤的感觉。杜丽娘眷恋的不仅仅是柳梦梅这个人，这只是很小一部分，杜丽娘并不了解柳梦梅是个什么样的人，与其说是爱，不如说是感觉。杜丽娘更眷恋的是柳梦梅带给她的感觉，那种彻底打破她原本闺房绣楼索然无味生活的感觉。这才是杜丽娘心里眷恋的，对于打破原本自己的生活，有什么比欢好更直接更直观呢？于是她接着唱道：

【尹令】那书生可意呵，咱不是前生爱眷，又素乏平生半面。则道来生出现，乍便今生梦见。生就个书生，恰恰生生抱咱去眠。

"我们素昧平生啊，又不是前世爱侣，为何偏偏出来一个这书生，又为何偏偏要抱着我去做那样的事"，生生搅乱了她原本一直信仰的东西。之前的杜丽娘虽然心底有着叛逆的情绪，但她并不自知。所以在杜宝要为她找老师上课，在甄氏因为梦中之事训诫她的时候，她都没有言语反抗，因为杜丽娘从心底里就认为父母说的是正确的，她只是下意识地在表达内心的不满。

结果，一个人在梦里带给了她彻底的改变，她已经意识到了自己内心强烈而蠢蠢欲动的巨大不满足，却无能为力。杜丽娘无能为力的不仅仅是一个年轻英俊的书生柳梦梅，她出身世家，才貌端妍，肯定会嫁一个前途无量的青年才俊，即使不是柳梦梅，但一定也不亚于柳梦梅，在剧本后半部分，杜宝在得知柳梦梅是女婿之后，不是也立刻认可了柳梦梅吗？可见这是符合当时主流价值观审美的。但是那又怎么样？就算以后现实生活里能嫁一个柳梦梅这样的男人，就算自己能像父母那样举案齐眉，可是那种重复依然离不开如今的索然无味，和现在又有什么区别呢？杜丽娘渴望梦中带给她的全新感觉，才是真正可望而不可即的东西。所以，想明白这一点的杜丽娘才开始真正绝望，因为她知道，她是逃不出生活的桎梏的，可她是从这种生活里长出来的，离开了它就会陷入黑暗而甜蜜的未知。她不敢也不会走出这一步，所以她的绝望更添悲戚。就像易卜生的作品《海达·高布乐》一样，出身贵族的海达是不会脱离她原本熟悉的生活的，可是乐务博格带给她的感觉却让她至死难忘。海达口口声声说她爱乐务博格，可是她的爱是怎样的？只是在背着将军的时候，缠着乐务博格，听他讲日日夜夜缠着那些花姑娘做的荒唐情事。一个贵族少女，她既渴望自由美好的全新生活，又是从保守的贵族生活里开出来的花，这种矛盾体和双面性体现在海达身上，也体现在杜丽娘身上。所以当乐务博格不满足于言语，而作出情侣间的肢体动作时，海达立刻用枪口对准乐务博格，一刹那变得冷酷无情。这是爱情吗？也许有爱的成分，可一定不是真正的爱。就像杜丽娘，梦里初见便可以不顾一切地欢好，现实里却不肯迈出一步，这是爱吗？至少并不全部是爱。杜丽娘正是在这场戏中认识到这一点，所以她说："你出现在我梦里也就罢了，为什么还要和我做那种事，让我难以忘却呢？"醒悟到这些之后，杜丽娘绝望的对象就从爱的失去，变成了对自己的绝望。一个人一旦对自己绝望，离生命的尽头也就不远了。

第二章 《牡丹亭》剧作情境分析

我们可以看到这个段落的杜丽娘，其矛盾性和双面性在情境的运动中变得更加立体和鲜明。一个虚无的梦境，从梦前到梦后，情节的急剧转折使人物的变化清晰地呈现在我们面前。梦里的杜丽娘和现实中的杜丽娘是两个截然不同的人，同时存在一个人的躯壳里。梦里的东西如何在现实世界里找到出路？"游园惊梦"让杜丽娘一下子知道了自己要的是什么，不满足的是什么，让她刹那间拥有，又呼吸间失去。她想寻找，想倾诉，可是不管是她的母亲甄氏还是丫鬟春香，都不可能理解她的心思。于是杜丽娘就只能在这种矛盾、寻找、失落中渐渐绝望，最终玉殒香消。杜丽娘手画形容流于世，也算是对死后能获得心中所愿的一点点微末寄托。

在杜丽娘死后到复生的第三个段落，人物的行动轨迹随着情境的变化分为两个部分。第一个部分，杜丽娘的亡魂来到了阴曹地府，因为杜宝一生为官清正，连冥判都记录在案，而本来要把杜丽娘贬到莺燕当中的判官也因为花神的求情重新翻看姻缘簿。得知原来杜丽娘和柳梦梅的缘分是天定，已然在册。判官被两人的真情打动，放她回归人间，寻找柳梦梅，等待复生。到这里情境再次发生突转，本来应该随着杜丽娘身死而消失的情，竟然成了新的情境展开的根源。判官被他们的感情打动，把露水缘变成相守的情分，杜丽娘对柳梦梅的痴情功不可没。第二十三出《冥判》是情境的再一个转折点，汤显祖并没有把死亡作为人物命运的终结，而变成了理想喜剧的开端，正是此剧浪漫神秘之处。

杜丽娘离开阴间回归阳世，重游花园故地。芳魂听到了柳梦梅的呼唤，杜丽娘终于再次见到梦中情郎。生前求而不得的美好爱情竟然在死后成就，于是就有了下一出《幽媾》。

柳梦梅意外捡到了杜丽娘的画像，拿回住所展开，原以为是一幅观音像，又以为画中是嫦娥仙子，最后才发现是一幅美人自画像，心中立即对杜丽娘的花容月貌心生向往。

（开匣，展画介）

【黄莺儿】秋影挂银河，展天身，自在波。诸般好相能停妥。他直身在补陀，咱海南人遇他。（想介）甚威光不上莲花座？再延俄，怎湘裙直下一对小凌波？

是观音，怎一对小脚儿？待俺端详一会。

【二郎神慢】些儿个，画图中影儿则度。着了，敢谁书馆中吊下幅小嫦娥，画的这偢停倭妥。是嫦娥，一发该顶戴了。问嫦娥折桂人有我？可是嫦娥，怎影儿外没半朵祥云托？树皴儿又不似桂丛花琐？不是观音，又不是嫦娥，人间那得有此？成惊愕，似曾相识，向俺心头摸。

待俺瞧，是画工临的，还是美人自手描的？

【莺啼序】问丹青何处娇娥，片月影光生毫末？似恁般一个人儿，早见了百花低躲。总天然意态难模，谁近得把春云淡破？想来画工怎能到此！多敢他自己能描会脱。

且住，细观他帧首之上，小字数行。（看介）呀，原来绝句一首。（念介）"近睹分明似俨然，远观自在若飞仙。他年得傍蟾宫客，不在梅边在柳边。"呀，此乃人间女子行乐图也。何言"不在梅边在柳边"？奇哉怪事哩！

【集贤宾】望关山梅岭天一抹，怎知俺柳梦梅过？得傍蟾宫知怎么？待喜呵，端详停和，俺姓名儿直么费嫦娥定夺？打么呵，敢则是梦魂中真个。

好不回盼小生！

【黄莺儿】空影落纤娥，动春蕉，散绮罗。春心只在眉间锁，春山翠拖，春烟淡和。相看四目谁轻可！恁横波，来回顾影不住的眼儿睃。

却怎半枝青梅在手，活似提掇小生一般？

【啼莺序】他青梅在手诗细哦，逗春心一点蹉跎。小生待画饼充饥，小姐似望梅止渴。小姐，小姐，未曾开半点幺荷，含笑处朱唇淡抹，韵情多。如愁欲语，只少口气儿呵。

……

柳梦梅见到画上的杜丽娘，惊为天人，从此常常把玩，渐入相思。"小生自遇春容，日夜想念。这更阑时节，破些功夫，吟其珠玉，玩其精神。倘然梦里相亲，也当春风一度。"柳梦梅对着杜丽娘的画像起了爱意，即使梦里金风玉露一相逢也是难得的美事。于是，他索性将杜丽娘的画像当作了真人一般，对着她开始吟诗，唱腔婉转，字字透着陷入爱的旋涡中少年郎满心的欢喜。吟诗之后，又将画卷藏起，想找个画师照样子临摹一幅，带在身边，好日日观摩。可是藏起来又拿出来，"再把灯剔起细看他一会"。

《玩真》与《幽媾》(前半)两场戏，是柳梦梅一个人的独角戏，但是在作者笔下显得十分生动。杜丽娘的画像本是死物，但是在这出戏里似乎成了一个参与舞台动作的活生生的人物，柳梦梅对着画像从一开始的赞赏到喜欢再到迷恋，最后放起又展开，展开又放起，如此反复的动作之中，人物的心理活动已经十分丰富地展现在观众面前。一个见到画像就产生了强烈的爱情的书生，一个梦中偶见就相思致死的闺中少女，一对痴人，难道不是天造地设？《幽媾》这场戏实为呼应之前的《惊梦》，一个是杜丽娘的一场梦，一个是柳梦梅的一场梦。一个是看了这满园春色，一个是迷了这纸上妙人。游园之时对杜丽娘行动的铺垫，这出《幽媾》之前的场面，同样是为柳梦梅拾画后痴迷画中少女的情节做铺垫。柳梦梅在画像前睡去，杜丽娘的魂魄上场，这场人鬼相见相爱的场面正式开场。剧本的第二个梦境的场面，也拉开了帷幕。

（生睡中念诗介）"他年得傍蟾宫客，不在梅边在柳边。"我的姐姐啊。（旦）（听打悲介）

【前腔】是他叫唤的伤情咱泪雨麻，把我残时诗句没争差。难道还未睡啊？（瞧介）（生又叫介）（旦）他原来睡屏中作念猛嗟呀。省喧哗，我待敲弹翠竹窗栊下。（生作惊醒，叫"姐姐"介）（旦悲介）待展香魂去近也。

（生）呀，户外敲竹之声，是风是人？（旦）有人。（生）这咱时节有人，敢是老姑姑送茶来？免劳了。（旦）不是。（生）敢是游方的小姑么？（旦）不是。（生）好怪，好怪，又不是小姑姑。再有谁？待我启门而看。（生开门看介）

【玩仙灯】呀，何处一娇娃，艳非常使人惊诧。

（旦作笑闪入）（生急掩门）（旦敛衽整容见介）秀才万福。（生）小娘子到来，敢问尊前何处，因何夤夜至此？（旦）秀才，你猜来。

【红衲袄】（生）莫不是莽张骞犯了你星汉槎，莫不是小梁清夜走天曹罚？（旦）这都是天上仙人，怎得到此。（生）是人家彩凤暗随鸦？（旦摇头介）（生）敢甚处里绿杨曾击马？（旦）不曾一面。（生）若不是认陶潜眼挫的花，敢则是走临邛道数儿差？（旦）非差。（生）想是求灯的？可是你夜行无烛也，因此上待要红袖分灯向碧纱？

【前腔】（旦）俺不为度仙香空散花，也不为读书灯闲濡蜡。俺不似赵飞卿旧有瑕，也不似卓文君新守寡。秀才啊，你也曾随蝶梦迷花下。（生想介）是当初曾梦来。（旦）俺因此上弄莺簧赴柳衙。若问俺妆台何处也，不远哩，刚刚在宋玉东邻第几家。

（生作想介）是了。曾后花园转西，夕阳时节，见小娘子走动哩。（旦）便是了。（生）家下有谁？

【宜春令】（旦）斜阳外，芳草涯，再无人有伶仃的爹妈。奴年二八，没包弹风藏叶里花。为春归惹动嗟呀，瞥见你风神俊雅。无他，待和你蔎烛临风，西窗闲话。

（生背介）奇哉，奇哉，人间有此艳色！夜半无故而遇明月之珠，怎生发付！

【前腔】他惊人艳，绝世佳。闪一笑风流银蜡。月明如乍，问今夕何年星汉槎？金钗客寒夜来家，玉天仙人间下榻。（背介）知他，知他是甚宅眷的孩儿，这迎门调法？

待小生再问他。（回介）小娘子黉夜下顾小生，敢是梦也？（旦笑介）不是梦，当真哩。还怕秀才未肯容纳。（生）则怕未真。果然美人见爱,小生喜出望外。何敢却乎?(旦)这等真个盼着你了。

【耍鲍老】幽谷寒涯,你为俺催花连夜发。俺全然未嫁,你个中知察,拘惜的好人家。牡丹亭,娇恰恰;湖山畔,羞答答;读书窗,渐喇喇。良夜省陪茶,清风明月知无价。

【滴滴金】(生)俺惊魂化,睡醒时凉月些些。陡地荣华,敢则是梦中巫峡?亏杀你走花阴不害些儿怕,点苍苔不溜些儿滑,背萱亲不受些儿吓,认书生不着些儿差。你看斗儿斜,花儿亚,如此夜深花睡罢。笑咖咖,吟哈哈,风月无加。把他艳软香娇做意儿耍,下的亏他?便亏他则半霎。

……

杜丽娘听到柳梦梅在睡梦中呼唤自己,声音哀楚,于是寻声找来。看到睡梦中的柳梦梅不仅呼唤着自己"姐姐",并且在梦中对自己念诗。而这句诗正是杜丽娘在游园惊梦之时听到柳梦梅念过的。天下竟有如此巧合,这个梦中男子是真实存在的。杜丽娘想到自己花园一梦之后的经历,悲从中来。柳梦梅从睡梦中醒来,看到杜丽娘以为是自己在做梦。杜丽娘想起自己花园中的梦中欢好,自己也以为只是春梦一场,难不成也是真实存在的?杜丽娘在那一刹那一下子分不清孰真孰假,梦和现实搅乱了时空,他们好像两个穿越了坟墓的灵魂,站在彼此面前,虽未真正相识,却早已肝胆相照。

两人在深夜幽会欢爱。梦里相爱的浪漫爱情变成了人鬼相恋的续章。不知来历、不知名姓的两人以身相许,欢爱非常,这是真正痴绝的人。从《惊梦》到《幽媾》,不仅是结构上的相互关照与递进,更是人物形象塑造上的进一步呈现。如果说《惊梦》之中的杜丽娘是半推半就的矜持少女,那么在《幽媾》当中,杜丽娘变得果毅坚定,"我就是为你而来,为此刻而来,趁此良宵,完其前梦"。她没有人鬼殊途的束缚,反而一如当年,深切地回味着花园中的上一次温存缱绻:"牡丹亭,娇恰恰;湖山畔,羞答答;读书窗,淅喇喇。良夜省陪茶，清风明月知无价。"可以看到这一出虽然是发生在现实中，但实际上是《惊梦》的延续，是梦境的延伸。从一个虚幻的梦影，到真实可寻的情郎与爱情，对杜丽娘来说这才是真正重生的开始。就像杜丽娘在第一次游园之时的自怜自伤，满园的春色明明是真正天然美好的东西，却是不被人允许来欣赏的；正当妙龄满心春意的自己，明明是最天然纯粹的东西，却偏偏是深受束缚和限制的。那些美好的、天然的，却是被束缚和禁止的，只有在梦里才能拥有，只有到了冥间才能延续。就像作者在题词中所说："梦中之情，何必非真？天下岂少梦中之人耶！"梦是假的，情却是真的。从《惊梦》到《幽媾》，正是情的延续，才有由生到死由死到生的辗转，两者相加才是一出完整的梦。杜丽娘也从没有哪一刻如同《幽媾》当中那样直接、决绝地表达自己内心满心的情与欲。"我不管任何人，不管任何时刻，我要找到你，和你完成那场在花园里梦境未完的性爱。"这种炽烈的性格第一次直接表达在人物身上，显得那样神秘而美丽。从结构上来说，这场《幽媾》加深了男女主人公之间的情感，之前所有的缱绻、猜测、朦胧、懵懂，一下子变成炽烈、热情、直接的火焰，这种情感也感染了柳梦梅。"我知道我爱你，我知道我要你，我知道你必须是我的。"这在杜丽娘生前是绝不可能出现的情感，这一刻全部化为现实。有了这场戏，才有接下来柳梦梅不顾一切要求娶杜丽娘的戏码，才有了接下来两人克服困难走在一起的戏码。从人物塑造上来说，有了这两场梦境，杜丽娘身上那被藏起来的烈性才使我们得以窥见。可以说梦境是这部戏的戏核，是真正不能缺少的元素。

第三节 双面杜丽娘

在最后一个阶段，杜丽娘死而复生之后，两情相悦的人终于不再阴阳相隔，经历了生生死死那么多磨难，守得云开见月明之后，杜丽娘不是应该和柳梦梅天涯海角两厢厮守吗？如果说之前的杜丽娘是因为深居闺阁受到礼制束缚，受到父母的管束，那么现在死而复生的杜丽娘已经没有了羁绊，所有人都以为她已经死去，那不正好能从此红尘做伴活得潇潇洒洒吗？可事实并非如此。

当杜丽娘复活之后，她立刻又变回了以前那个活在礼教之下的闺阁女子。她让柳梦梅求取功名，让他遵循父亲杜宝的意见，要求父母之命、媒妁之言。这是那个在花园里第一次梦到他就能在梦中和他欢好的杜丽娘吗？这是那个死后以鬼魂的形态与他相恋相守日夜如夫妻的杜丽娘吗？显然不是。杜丽娘为情而死为情复生，生死都可以超越的感情，如果生死这些人世间最大的客观存在都无法撼动她的爱情，那么她早在第一天梦到柳梦梅的时候就应该千山万水找他去！为一场梦、为一个梦中幽媾的男子，就可以抛下一切凡俗，跋山涉水、千万里吾往矣的女子，不是更浪漫、更"情至"化吗？究竟是什么迫使杜丽娘重新走回了老路？

带着这个疑问，让我们回到剧本的情境中。首先，让我们看看不少论

第二章 《牡丹亭》剧作情境分析

者所认为的一个承载着束缚、禁锢意义的封建家长杜宝,而杜宝与杜丽娘之间则是封建与反封建的关系。但是,在剧本中所呈现出来的杜宝,恰是一位慈爱的父亲形象,他非但不迂腐,而且事事为女儿考虑。

在第三出《训女》中,杜宝去看望女儿,发现她闺房饮酒又白日睡眠,训斥之后决定为她延师授课。杜丽娘的母亲甄氏提议要请个女先生,才更符合闺阁之仪,但杜宝坚持为女儿请一个名师大儒来教授女儿,不求她成为谢道韫、班昭那样的才女"做门楣",只因"古今贤淑,多晓诗书。他日嫁一书生,不枉了谈吐相称"。可以看到,杜宝并不是什么迂腐苛刻、压迫女儿的封建家长,更不是坚决反对女儿对美好爱情的追求,相反,他关心女儿的未来,关心她的精神生活,甚至关心她日后与丈夫的相处,"不枉了谈吐相称"。并且坚持请名师大儒,并不拘泥于闺阁之仪而延请女先生。

在杜丽娘死而复生之后,柳梦梅按照杜丽娘的要求前去拜望杜宝。首先,杜宝并不知道女儿死而复生,而且死而复生在一般人看来是一个荒诞的说法。第五十三出《硬拷》,杜宝首先从陈最良那里得知杜丽娘的坟被人掳劫,心中正在悲痛。而这时候,柳梦梅的包袱中正好找到杜丽娘的画轴,于是杜宝顺理成章认定柳梦梅就是那个开棺劫财之人。

【唐多令】(外引众上)玉带蟒袍红,新参近九重。耿秋光长剑倚崆峒。归到把平章印总,浑不是、黑头公。

[集唐]"秋来力尽破重围(罗邺),入掌银台护紫微(李白)。回头却叹浮生事(李中),长向东风有是非(罗隐)。"自家杜平章。因淮扬平寇,叨蒙圣恩,超迁相位。前日有个棍徒,假充门婿。已着递解临安府监候。今日不免取来细审一番。(净、丑押生上)(杂扮门官唱介)临安府解犯人进。(见介)(生)岳丈大人拜揖。(外坐笑介)(生)人将礼乐为先。(众大呼喝介)(生长叹介)

【新水令】则这怯书生剑气吐长虹，原来丞相府十分尊重，声息儿忒汹涌。咱礼数缺通融，曲曲躬躬；他那里半抬身全不动。

（外）寒酸，你是那色人数？犯了法，在相府阶前不跪！（生）生员岭南柳梦梅，乃老大人女婿。（外）呀，我女已亡故三年。不说到纳采下茶，便是指腹裁襟，一些没有。何曾得有个女婿来？可笑，可恨！祗候门与我拿下。（生）谁敢拿！

【步步娇】（外）我有女无郎，早把他青年送。划口儿轻调哄。便做是我远房门婿呵，你岭南，吾蜀中，牛马风遥，甚处里丝萝共？敢一棍儿走秋风！指说关亲、骗的军民动。

（生）你这样女婿，眠书雪案，立榜云宵，自家行止用不尽，定要秋风老大人？（外）还强嘴！搜他裹袱里，定有假雕书印，并赃拿贼。（丑开袱介）破布单一条，画观音一幅。（外看画惊介）呀，见赃了。这是我女孩儿春容。你可到南安，认的石道姑么？（生）认的。（外）认的个陈教授么？（生）认的。（外）一眼恢恢，原来劫坟贼便是你。左右采下打。（生）谁敢打？（外）这贼快招来。（生）谁是贼？老大人拿贼见赃，不曾捉奸见床来。

【折桂令】你道证明师一轴春容。（外）春容分明是殉葬的。（生）可知道是苍苔石缝，迸坏了云踪？（外）快招来。（生）我一谜的承供，供的是开棺见喜，挡煞逢凶。（外）圹中还有玉鱼、金碗。（生）有金碗呵，两口儿同匙受用；玉鱼呵，和我九泉下比目和同。（外）还有哩。（生）玉碾的玲珑，金锁的玎咚。（外）都是那道姑。（生）则那石姑姑他识趣拿奸纵，欲

第二章 《牡丹亭》剧作情境分析

不似你杜爷爷逞拿贼威风。

（外）他明明招了。叫令史取过一张坚厚官绵纸，写下亲供："犯人一名柳梦梅，开棺劫财者斩。"写完，发与那死囚，于斩字下押个花字。会成一宗文卷，放在那里。（贴扮吏取供纸上）禀老爷定个斩字。（外写介）（贴叫生押花字）（生不伏介）（外）你看这吃敲才！

之前的《闹宴》中，柳梦梅自称是杜宝的女婿，已经被杜宝认为是假冒女婿来打秋风的宵小之辈。这出《硬拷》是两人之间矛盾的延续，更是直接激化。一个本来被杜宝认定的宵小之徒，现在又成了掳劫女儿坟墓、妄想女儿容色的恶贼，情境运动到这里，矛盾冲突一下子被推向了高潮。杜宝拷打柳梦梅，固然在一定程度上充当了杜丽娘和柳梦梅之间的障碍，但退一步想，恐怕天底下没有一个父亲会看到盗了自己女儿的坟墓，又胡言乱语毁坏自己死去女儿名节的男子而无动于衷吧？他只是一个愤怒的父亲，绝不是什么封建卫道士。如果他只是一个封建家长那么简单，那他即使知道了杜丽娘当真复活，却私订终身，也应该叫女儿再死一次以全名节。他当然不可能这样做，因为杜宝从头到尾都不是桎梏杜丽娘的阻力，我们看到之后误会解开，杜丽娘确实复活了，杜宝立刻释怀，并且马上原谅了柳梦梅，成全了他们的姻缘。

可以看到，杜宝从头到尾都不是以一个压迫者的身份出现，相反，他只是一个中年丧女的父亲，一个深爱着自己女儿的慈父。

那么，就算在剧本中是家庭、贵族身份的束缚让杜丽娘失去自由，对想要的美好爱情求而不得，那么死而复生之后，上天正好给了她一个机会摆脱这一切，她从此可以不再是原来的她，可以只是自己。可杜丽娘偏偏没有这样做。为什么？因为束缚杜丽娘的从来不是杜宝，不是锁住她的闺阁大门，而是她自己！也就是说，那些束缚是根植于杜丽娘内心的！所以，即使在《惊梦》之前，在她爱上柳梦梅之前，即使当时她的生活十分幸福，但杜丽娘依旧是不满足、不快乐的。只有在梦里，在死后，在脱离了这身躯壳之后的杜丽娘，才是真正自由的。可以想见，柳梦梅在杜丽娘的鼓励下高中状元，之后呢？为官一方，就像她的父亲杜宝一样，做个清官，而她就会像她的母亲甄氏一样，相夫教子。就算一生一世一双人，那也不过是像她的父母那样过一辈子，杜丽娘依然活在这种束缚当中，她就真的能完全满足、快乐吗？我想并不能。而这才是真正的杜丽娘，一个双面的杜丽娘。

一场瑰丽的梦成就了一部咏歌赞叹的《牡丹亭》，女主人公杜丽娘更是四百年来人们真挚歌颂的自由浪漫的化身。但是，即便是跨越生死的杜丽娘，在美梦成真、姻缘成就之后，依然要自觉地循着旧日教条生活下去，回归现实的世界，这不能不说是一种无奈。汤显祖给杜丽娘制造了一个做梦的机会，令其冲决一切，实现了一次短暂的自由，但是，并没有给读者、观众和自己制造一个同样的机会，得以摆脱沉重的精神与肉身。梦醒之后的杜丽娘，终究不得不回到固有的心灵困境里。所以，就是这么一次极力而激烈的奋争，也足以闪耀千古。

第三章

《南柯记》剧作情境分析

第三章 《南柯记》剧作情境分析

《南柯记》是明代戏曲家汤显祖代表作"临川四梦"之一,完成于万历二十六年弃官别居之后,是其最重要的代表作《牡丹亭》诞生两年之后的又一力作。在《南柯记》一剧中,梦境作为全剧的主体情节存在,除了第一出到第九出为入梦之前和最后三出为梦醒之后,中间部分从第十出《就征》到第四十一出《遣生》,整整三十二出均属于梦境情节。正是梦境构成了《南柯记》的特殊情境,契合了主人公淳于棼内心世界的呈现。

第一节　南柯一"梦"的构成

从形式上看，与《牡丹亭》中"穿插式"梦境不同的是，《南柯记》中的梦境是"连贯式"的，而与《邯郸记》中卢生梦境的差异，则在淳于棼入梦前后敷演了大量人生失意的情态，使淳于棼的梦境有着具体的前情后果。在主人公淳于棼的梦境展开之前，除了第一出标目概述全剧之外，从第二出《侠概》到第九出《决婿》，分成了两条线索对即将发生的槐安国梦游二十载进行铺垫。其中一条交代了淳于棼在梦境之前所处的人生处境：前途无望，整日买醉，着意渲染其苦闷；另一条则交代了大槐安国里蚁王与王后要从人间为公主择选驸马的缘起，为淳于棼的戏梦人生铺排了前路。

一、梦前心境

虽然按戏曲剧本惯例，在第一出标目介绍全剧之后，第二出主人公上场自报家门，但是，剧中运用了特定的场面来展现人物的具体生存情状。淳于棼身为淮南军裨将，一心以前途为重，却因喝酒误事引发贻误军机的大过，失了主帅的赏识之心。主帅并未将其除名，反倒是淳于棼自己因此弃官而去。然而，淳于棼并不是想好了后路才离开的，他甚至对自己辞官的后果一点都没有想过。因此，弃官而去的淳于棼立刻又遭受了友情的滑铁卢，之前散尽千金聚养的那些豪士游侠也顷刻作鸟兽散，只剩下周弁和田子华二人。

剧本一开始，作者便向我们交代了对人物有重要影响的这一事件，可之后的淳于棼并没有什么大的长进。他要弃官离开，却不知道自己可以去哪里。他知道自己因醉酒而前途尽毁，却不想戒酒，甚至想长醉酒中不复醒。他已千金散尽身无长物，却依旧要设酒席款待仅剩的两个好友。淳于棼虽然经历了沉重的人世起伏，人情冷暖，但他的心态依旧未变。类似场面有着一而再的编排。

在第二出《侠概》中，淳于棼设宴款待即将归乡的周弁和田子华二人，心中郁结，不免借酒抒怀：

（生）二兄也要回去，好不闷人也。槐庭有酒，且与沉醉片时。
（酒介）

【玉交枝】（生）风云识透，破千金贤豪浪游。十八般武艺吾家有，气冲天楚尾吴头。一官半职懒踟蹰，三言两语难生受。闷嘈嘈尊前罢休，恨叨叨君前诉休。

细数往昔英雄豪侠，纵横吴楚，现如今却困窘落魄，闷嘈嘈恨叨叨。淳于棼知道自己前途无望，在酒席中频频豪饮，并叹息："你二人去了呵，我待要每日间睡昏昏长则是酒。"不仅今天要豪饮，以后更是以酒为伴了。在现实的清醒世界里，淳于棼因一个小错而断送前程，最终意气用事地辞官而去，千金散尽、前途尽毁，便"何以解忧？唯有杜康"。而在醉酒这一"劣性"之外，剧中一笔带过的还有淳于棼纵情女色的情节。当百无聊赖之际，溜二、沙三向淳于棼引介消遣的去处，被淳于棼一一驳回，他兴味阑珊地说道，即便是"扬州诸妓，我已尽知"。淳于棼不仅好酒，亦好色，而对酒色的追逐正是他功名之外的第一、第二大欲。现在也只有醉生梦死才能排遣他胸中的块垒。

正是因为淳于棼遇事消极、随波逐流的个性,导致他进入大槐安国以后的一番浮生际遇与现实人生之间产生了巨大差异与对比。短短一折戏便把一个自诩满腹才华却落魄潦倒、意气用事又生性豪迈的人物形象呈现在观众面前。在作者勾画的晚霞、寒鸦场景中,在淳于棼的举止与慨叹中,我们感受到了铺天盖地的落寞。这是剧本的第一个事件,也是之后情境展开的基础和起点。

二、梦中人物

《南柯记》可归入"神仙道化"剧一类,主人公淳于棼虽经历离奇,剧中人物却是虚构出的现实存在。淳于棼之梦实为灵魂出窍而入大槐安国,历经二十载。因而,在他入梦之前,已有一个奇幻的所在等待着他。而在这槐安国中,有三个人物对他命运的塑造起到了关键作用,即蚁王、右相段功及瑶芳公主。

蚁王掌控着生杀予夺的大权,段功则始终认定淳于棼非其族类,瑶芳公主对淳于棼更是实现了时人所渴望的女子能够带来的全部价值。淳于棼走进了这张人物关系网中,也注定了他最后的人生走向。

第三出《树国》和第五出《宫训》为我们展开了大槐安国的画卷。在第三出戏里,蚂蚁国王上场,自叙了大槐安国的由来,骄傲地描述如今子民众多、繁华昌盛的景象。随即又夸耀自己治国方略的成功:类似人间官场制度的完备官僚体制;官员各司其职且法治严明;还有槐安国"火不能焚,寇不能伐"的易守难攻之势,可以说是一派盛世景象。

【海棠春】(蚁王引众上)江山是处堪成立,有精细出乎其类。万户绕星宸,一道通槐里。(众)绛阙朱衣,丹台紫气,别是一门天地。(合)把酒玉阶前。且庆风云际。

第三章 《南柯记》剧作情境分析

（众行礼介）我王千岁。[清平乐]（王）绿槐风下，日影明窗罅。宝界严城宫殿洒，一粒土花金价。千年动物生神，端然气象君臣。真是国中有国，谁言人下无人。自家大槐安国主是也。本为蝼蚁。别号虮蜉。行磨周天，颇合星辰之度；存身大地，似蛰龙蛇之居。一生二，二生三，生之者众；万取千，千取百，众即成王。臭腐转为神奇。真乃是明则动，动则变，变则化。太山之于丘垤，故所谓均无贫，和无寡，安无倾。一年成聚，二年成邑，到三年而成都。寡人有些膻行；夏后以松，殷人以柏，及周人而以栗，敝国寄在槐安。火不能焚，寇不能伐。三槐如在，可成丰沛之邦；一木能支，将作酒泉之殿。列兰锜，造城郭，大壮重门；穿户牖，起楼台，同人栋宇。清阴锁院，分雨露于各科；翠盖黄扉，洒风云于数道。长安夹其鸾路，果然集集朱轮。吴都树以葱青，委是耽耽玄荫。北阙表三公之位，义取怀来；南柯分九月之官，理宜修备。右边宪狱司，比棘林而听讼；左侧司马府，倚大树以谈兵。丞相阁列在寝门，上卿早朝而坐；大学馆布成街市，诸生朔望而游。真乃天上灵星，国家乔木。树在王门之内，待学周武王神禁，无益者去，有益者来；声闻邻国之间，要似齐景公号令，犯槐者刑，伤槐者死。此乃为君之法度，要全立国之根基。所喜内有中宫之贤，外有右相之助。今日政机多暇，且与君臣同游。筵宴已齐，右相早到。

右相段功上场后，蚁王向他大段抒发着自己的踌躇满志：

（王）国家所虑，有天地人三不同。且喜我国中天无阴雨之兆，地无行潦之侵。有礼有法，国中无漏网之鲸；无害无灾，境外有玄驹之马。便是檀萝无警，足知你槐棘有人。待与卿遨翔宫树之前，逍遥封壤之内。

"一个国家所要忧虑的三个地方，我们全都不必挂心，安枕无忧。槐安国没有自然灾害；国家礼制法度健全，没有逍遥法外的漏网之鱼，即使有邻国檀萝的觊觎，也因为我国中力盛，人才济济，不足为患。我们在自己的国土内逍遥快活，好不自在！"蚁王自得的心态已经要从他的言行中溢出来了。而段功自然而然地接道："我们君臣同游，共享这太平盛世，国家里那些三公九卿也应该一同侍驾。"蚁王听了很满意，立刻说："别的公卿贵族我已经分别赐宴，槐阶之下我只跟爱卿你一同。"段功立刻向蚁王劝酒。【惜奴娇】一曲之下，蚁王与右相君臣之间往来酬唱，对自己治下的国家有如此盛景极为骄傲，得意之情溢于言表。

从以上场面可以看到，段功对蚁王的逢迎得心应手，一看便是官场老手。而且他的地位是一人之下万人之上，甚至所有王公贵族都不在蚁王邀请同游之列。槐阶之下，只有段功可以和蚁王同游。这场戏里，蚁王和段功的心态都有各自不同的膨胀，蚁王自满于如今大槐安国的盛世太平，把一切都看成是他作为国王的不世之功；而段功自满于一人之下万人之上的超然地位，享受权力带给他的满足感。人物的性格在一场戏中足见端倪。蚁王骄傲狂妄，但心怀开阔；段功则专权牟利又心胸狭窄，所以蚁王能接纳淳于棼这个人类进入大槐安国的权力中心，而段功对他却是万万容不下的。在《树国》这出戏中，为将来淳于棼进入的梦中王国的人物关系环境预先做了铺垫，也为接下来情境的运动奠定了基础。

对淳于棼影响至深的自然是他的公主妻。第五出《宫训》是女主人公瑶芳公主的出场。按照戏曲剧本的惯例，女主人公一般在男主人公出场后的下一出登场，但在《南柯记》中，淳于棼在第二出《侠概》中就已登场，而女主人公瑶芳公主却被安排在了第三出《树国》、第四出《禅请》之后的第五出《宫训》中才登场,这显然就和作者想要表达的主题有所关联了。

南柯一梦二十载,几乎是梦中的淳于棼跌宕起伏的半生。富贵功名、权倾天下、金戈铁马、造福一方,最后享乐贪淫,一朝被囚。瑶芳公主扮演着其中至关重要的角色,但是,却并非淳于棼的全部。一梦二十载,作者要表达的东西不仅仅是一段爱情经历,但实际上正是公主的爱情成就了淳于棼仕途功名的得意。梦中的淳于棼一开始看不透这一点,以致在公主死后走上了逐渐毁灭的道路。将公主的出场放在第五出,在淳于棼、蚁王、段功、契玄禅师等人之后,就可以窥知作者想表达的一二。在《宫训》这场戏中,作者借蚁后的话引出了本剧最重要的一个事件:为公主择婿。

【前腔】(旦扮公主上)幻质分灵蠢,也会的施朱傅粉。一般人物娇和嫩,这芳心,洞房中,谁簇紧?

> (见介)女儿瑶芳叩头,娘娘千岁千千岁。(老)公主,你年已及笄,名方弄玉。今日依于国母。他日宜其家人。四德三从,可知端的。(旦)孩儿年幼,望母亲指教。(老)夫三从者:在家从父,出嫁从夫,老而从子。四德者:妇言,妇德,妇容,妇功。有此三从四德者,可以为贤女子矣。听我道来。

【傍妆台】(老)一种寄灵根,依然楼阁贺生存。论规模虽小可,乘气化有人身。中宫忝作吾王正,下国凭称寡小君。掌司阴教,齐眉至尊。你须知三贞七烈同是世间人。

【前腔】(旦)小小赘芳尘,念瑶芳生长在王门。虽不是人间世,论相同掌上珍。寒余窈窕深闺晚,暖至丰茸别洞春。父王庭训,娘亲细论。难道这三从四德微细的不如人。

……

（旦）琼英姐，俺便同你去听讲何如？（贴）公主体面，未宜出游。（旦）这等奴有金凤钗一对，文犀盒一枝，奉献禅师讲下，表我微情。

【前腔】光景一时新，待相同随喜终是女儿身。献钗头金凤朵，盛纳盒锦犀文。（贴）也知妹子无他敬，如是观音着我闻。我将为信，去讲座陈。管教他灵山会里直着个有缘人。

瑶芳公主是蚁王和蚁后唯一的女儿，姿才冠世，婚嫁及期。蚁后受蚁王旨意，要为公主寻一桩人间的姻缘，对未来驸马的要求是必须有眼之人、有情之婿。因为公主尊贵，不能出游亲自寻夫，所以王后请琼英郡主、上真仙姑、灵芝国嫂三人前往人间，为公主择婿。王后听说扬州孝感寺契玄禅师讲经人山人海，定会有合意的人选，因此命琼英郡主等三人前往。在这场戏中，瑶芳的小儿女春心荡漾的心态也表现得淋漓尽致。琼英郡主领命后正要离开，却被公主偷偷叫住，希望能跟郡主三人一同前去，但是遭到琼英郡主拒绝。公主应该有公主的尊贵矜持，不能出去抛头露面。可以看到，这里虽是蚂蚁王国，但对女子的要求与人间一样，也要三从四德、深居简出。瑶芳在蚁后面前恭敬守礼，但是私心里对未来美好爱情的渴望却是"春色满园关不住，一枝红杏出墙来"。被琼英郡主拒绝后，瑶芳公主并不气恼，仿佛就在意料之内，只是拿出了一个文犀盒，里面装着一对金凤钗，请琼英郡主代为奉给禅师，以表微情。在这一场面中，瑶芳公主的机敏聪慧以及春心荡漾的小儿女情态，已经为我们展现了出来。

所以，在淳于棻入梦前，梦境王国里的方方面面，从国王、右相到王后、公主、琼英郡主等人，主要人物都已登场，对淳于棻介入前的人物和人物关系有了一个大致的着墨，也为接下来主人公入梦的主体部分打下了基础。

对入梦之前的情境内容进行的详细分析，让我们看到了作者几乎是按

第三章 《南柯记》剧作情境分析

照写现实传奇的方式来写梦境。蚂蚁王国的蚂蚁们，淳于棼，契玄禅师，这些人物活灵活现地呈现在舞台上，为情境的进一步降临做好了充分准备，步步前行，丝丝入扣。不同于《牡丹亭》中的《惊梦》一场，梦前毫无征兆，梦后无迹可寻，正是这完全虚幻的梦境让杜丽娘在现实世界里找不到寄托，徒然怀念梦里的一切，最后怅然辞世。而在《南柯记》中，淳于棼从现实世界到入梦，有着显著的前情酝酿，引人关注事态的进一步发展。不仅为淳于棼入梦安排了伏笔，更在大槐安国埋下了引线。从五百年前灯油浇了蚂蚁窝造下五百年业障开始，到瑶芳公主选驸马，淳于棼现实失意邂逅来为公主选驸马的琼英郡主等，这桩桩件件的发展一环套一环。如果没有最后三出的出梦，观众甚至觉得整部剧就是一出充满奇幻色彩的现实传奇剧。但作者为什么要在剧本最后点明淳于棼醉酒梦醒，发现自己南柯一梦的事呢？固然，从文学主题的意义上来说，双重时间的结构，梦里二十载匆匆一世，尝尽所有甘甜苦辣和现实中未曾经历的一切，而一觉醒来却发现只是榻上浅眠，时间不过过了一瞬，溜二、沙三刚洗完脚的光景。这样的结构安排不免让闻者唏嘘、观者长叹，产生一种人生如梦、万事皆空的观感。淳于棼一梦惊醒，寻访契玄禅师之后真正醒悟，立地成佛。这种结构富有象征意义，他所蕴藉的"刺世"之情，"醒世"之意，也能使读者自然感悟。从主题意义的层面来说，的确是这样，作者的安排有他独特的韵味，这类研究也已经汗牛充栋，本文不做赘述。

设想一下，如果这仅仅是作者构想《南柯记》的主题意义时所作的特意安排的话，那么，作者完全可以参照他创作《邯郸记》的方法来进行架构。主人公卢生餐前困倦，到榻上浅眠，最后黄粱一梦。因为吕洞宾一开始便赠他一枕，助他成梦，观众从头至尾都非常清楚主人公是在梦中游荡。主人公醒来之后也立刻明白刚才是在做梦。同样大梦三生，梦中历经二十载。《南柯记》中的淳于棼醒来却是不知自己身在何处，惶惶然去寻找梦里的大槐安国，等看到和自己梦里相似的景物，又不觉泪从中来。人已醒来，可情仍然被梦牵绊。在瑶芳的灵魂要升天之时，淳于棼更是一把拉住她希望再做一场人世夫妻。

不难看到，淳于棼在很长的篇幅里都不知道自己是在做梦，经历虽然传奇，却一直被他当作现实看待。所以他醒来时并没有像卢生一般一朝梦醒万事顿悟，而是不知自己身在何处，并徒然怀念梦中一切不能自拔。难道《南柯记》不能给予读者醒世之感吗？作者为什么还要在创作了《南柯记》之后的两年，再创作一部相似的《邯郸记》呢？作者开头花大笔墨，完全按照戏剧逻辑模式来架构入梦前到入梦的情境运动，又是为了什么？既然主体是梦境，那么用整整九出戏的大篇幅来铺排入梦前的情境，仅仅是为了给梦境增加情境基础吗？如果仅仅是一场梦境，又何必要现实的情境基础呢？又或者说，把《南柯记》改成一出现实传奇剧，是否也可行呢？作者如此安排，除了主题意义上的考量之外，在具体的情境运动之中，在对人物的塑造之上，是否另有玄机？

事实上，这就是作者创作的精妙之处，《邯郸记》同样给人醒世的寓意，同样大梦三生，但观众和读者却从头到尾都十分清楚主人公是在梦中，这一切在梦境开始之时就已经表现得十分明白。而《南柯记》同样是一出带着醒世寓意的戏剧，主人公同样大梦三生，观众却在看到结局之前对梦境之事真假莫辨，依旧执着其中，仿若就是一出现实传奇剧。为什么相似的故事，却用不同的手法来创作，以不同的梦境形式来架构呢？答案就在人物身上。不同的人物须以特殊的情境来相契合。

第二节　梦中世界的自我实现

我们知道，任何一出戏剧也好、戏曲也好，只要是一出好剧，落脚点始终在人物身上。情节有相似，可人物却是独一无二的。因此，"临川四梦"虽然都有梦境，但各梦不同，不同的梦境是为了呈现和表现不同的人物，使人物的内在生命情感通过相应的梦境分别展露出来。就像《牡丹亭》里的梦境，倏忽来去、踪影难寻，完全就是花园春闺里的一场虚幻的春梦，正是因为它虚幻难觅，所以在闺训教育下长大的杜丽娘才会在那一刻表现出另一面潜藏的自己，勇敢地去追求爱，去追求性。这在杜丽娘清醒的时候是不敢想的，也是不可能发生的。设想一下，如果杜丽娘经历的梦境是和淳于棼一样真假难辨、恍若现实的传奇梦境呢？杜丽娘还敢如此大胆不羁地和一个不知姓名不知身份的陌生男子发生关系吗？还敢千万里相寻，即使死后也要完其前梦、共赴欢好吗？杜丽娘显然做不到，梦给了杜丽娘一次恣肆释放的机会。

这应该也是为什么作者在创作了《南柯记》这个带有醒世寓意的戏曲剧作之后的两年，又再次创作《邯郸记》这一题材相似的剧作的原因所在吧。因为虽是同一类剧作，但人物不同，剧作的意义也就大不相同。醒世之意是作者想要表达的主题，神仙道化也好，佛教悟世也罢，但是，在一部具体作品中，对于艺术家而言，人物内心的刻画才是艺术创作的灵魂所在。所以，我们要了解作者在《南柯记》中为什么用这种方式来构造梦境，就需要分析《南柯记》想塑造的人物淳于棼是个什么样的人，他的内在情感又是如何与这一梦境相契合的？

一、不辨真假的梦幻

从第十出《就征》到第十三出《尚主》，是淳于棼入梦的过程，也是主人公从人世的落魄失意、毫无希望，只能日日以酒为伴，到进入蚂蚁王国，摇身一变成为当朝驸马，富贵荣华，鲜衣怒马，前途无量。在这一来一去的鲜明对比中，我们才得以进入淳于棼的内心世界。

第十出《就征》把淳于棼从扬州城中醉酒沉睡到梦入大槐安国的过程清楚地呈现了出来。淳于棼感到自己怀才不遇、前途无望，三十前后却名不成，婚不就，家徒四壁。他的主观意愿是不愿清醒着的，因为清醒的时候他就不得不面对自己一无所有并且永远会一无所有的事实，只有在醉酒时才会有暂时的纾解。他一上场就醉态毕现，牢骚满腹。

【驻云飞】（生作懒态上）伶俐痴呆，万事难消一字乖。有的是年华大，没的是心情奈。咳！独自倚庭槐。把日遮天矮，听他唧嚓唠叨，絮的我无聊赖。死向扬州不醉哈，记得谁家金凤钗。

淳于棼自从孝感寺邂逅琼英郡主等人，在功名无望的心境中，更增添了婚姻没有着落的愁绪。游荡于街坊，只要遇到高酒店铺，就要进去颠倒沉醉一番。他从原来的嗜酒到现今已经演变成以酒为命、不能一刻无酒的状态。当仆人山鹧儿搀扶烂醉如泥的淳于棼回家后，淳于棼还不忘叮咛自己没喝完的那瓶酒。醉酒的淳于棼将一肚酒食全吐在了溜二、沙三两人的腿脚上，两人将他放在床榻上之后，便出去洗脚。这里两人正准备出去洗脚，而淳于棼一梦二十年之后，两人刚好洗完脚，不过一瞬光景。不管之前和

第三章 《南柯记》剧作情境分析

梦里作者如何铺排符合情境模式的真实场面，如何丝丝入扣，洗脚的细节一前后呼应，梦的经过就被打了点，有了现实世界的时间刻度。梦境也就清楚地呈现在观众面前：

（扮二黑巾紫衣，众引牛车上）为筑王姬馆，叨乘使者车。俺两人大槐安国使者便是。奉国王命，召请淳于公为驸马。他正睡在东廊，直入则个。（叫）淳于公。（生惊醒介）是谁？（紫衣跪介）

【锁南枝】槐安国，王者都，吾王遣臣来奉书。（生）因何而来？（紫）主命有些须，微臣敢轻露！（生）睡得正甜。（紫扶生起介）请下榻，俺红袖扶。俺那里有东床，坦君腹。

【前腔】（生）从空下，甚意儿？正秋窗风剪槐叶初，一枕黑甜余，双星使临户。咱朦胧醒，申欠舒。整衣行，懒移步。（车牛上介）

淳于梦在人间醉酒，唤醒他的却成了蚂蚁王国来迎接他入赘的使者紫衣官。淳于梦带着醉意，在蒙眬中灵魂出窍，跟随紫衣使者进入幻境。但淳于梦质疑槐树下如何能有国家，紫衣官告诉他古代传说窦广国和孔安国也是存在的，那槐穴之中又为何不能有国家呢？"古槐穴，国所居。莫迟疑，但前去。"

紫衣官的话虽然让淳于梦觉得自己似乎是在做梦，但是却言之有理，是那么一回事。在他进入槐安国的路途中，淳于梦眼见耳闻与现世殊异，他心中不由得再次起了疑窦：

（前二紫衣同生车上介）

【前腔】（生）车箱路，古穴隅，豁然见山川风候殊。（低语介）怎生有这一段所在？不断的起城郭，车舆和人物。奇怪，奇怪，一路来。但是见我的，都回避起立，何也？附车者，尽传呼。为甚呵。着行人，多避路。

（紫跪介）已到国门。（生）好一座大城！城上重楼朱户，中间金牌四个字，（念介）大槐安国。

当他真切地看到山川风物与重楼朱户之后，早已不知身在何处。及至到了东华馆，越发难掩兴奋喜悦之情，对陌生的世界的质疑大大减弱。

（生下车入门背笑介）这东华馆内，彩槛雕楹，华木珍果，列植于庭下。几案茵蓐，帘帏肴膳，陈设于庭上。俺心里好不欢悦也！

右相段功亲自相迎，不仅传了蚁王的旨令封淳于棼为驸马，更担心他初到此中恐生不安，便将他的酒友周弁、田子华也招来大槐安国为官。周弁做了巡卫宫殿的司隶之官，又叫田子华去驿馆为淳于棼做司仪。蚁后想得更是妥帖，又叫来琼英郡主、灵芝国嫂、上真仙姑三人去探望驸马，调熟其心。琼英郡主三人是淳于棼日前刚在契玄禅师讲经会上碰过面的，印象深刻。而周弁、田子华又是淳于棼的人间好友，这两人对淳于棼更有些特殊意义。在淳于棼辞官而去之后，以前高朋满座的他落了个人走茶凉的结局，所有所谓的豪杰挚友都离他远去，只有周弁、田子华二人不离左右，在他离开之时为他送行。所以这几个人物的出现，让淳于棼又相信自己确实是在现实中，并不是做梦。加上之前所有的情境发展全部合乎逻辑、合情合理，他没有理由相信自己是在梦中。可是一夜富贵、久贫乍富，他醉酒醒来被带入这个神奇的国度，不仅槐安国繁华富饶，而且一路行来所有人都对他的车舆避让行礼，对他更是恭敬有加，直到被迎入富丽奢华的东华馆，这一切恍如仙世，一下子呈现在淳于棼面前，让前一秒还失意绝望的淳于棼不敢置信、恍若梦中。这种亦真亦幻,既像梦里又似真实的情状让淳于棼不能自拔,面对忽然而至的一切,他不自禁地说:"俺心里好不欢悦也!"他享受其中,恍若梦境,又明明是真实的,这才最教他快乐无比。

淳于棼被引荐给槐安国的国王,顺理成章地被册封为驸马,迎娶当今帝后唯一的女儿瑶芳公主为妻。在第十二出《贰馆》中,作者运用了众多叠词句式来呈现这个极为富贵喜庆的华丽场面:

【出队子】(小旦道扮同老旦、贴上)凤冠明漾,凤冠明漾,彩碧金钿珠翠香。烟丝绣帔晚风扬。谁在东华屋里张?……

【前腔】(田子华冠带引队子上)彩楼宾相,彩楼宾相,不向天台向下方。金枝公主字瑶芳,得尚淳于一老郎。他帽儿光光,风流这场。……

【前腔】(众)步围金障,步围金障,彩碧玲珑数里长,花灯引道照成行。……

【前腔】(贴众上奏乐、戏笑介)翠罗黄帐,翠罗黄帐,夜合宫槐覆苑墙。偶然同向佛前香,粉帕金钗惹梦长。……

【前腔】(生)仙音凄亮,仙音凄亮,来往仙姬辇凤凰。似洞庭哀响隐潇湘,使我心中感易伤。……

"凤冠明漾,凤冠明漾""彩楼宾相,彩楼宾相""步围金障,步围金障""翠罗黄帐,翠罗黄帐""仙音凄亮,仙音凄亮"等,在文词的重复使用中,场面的富贵华丽之感何止翻倍?这一切天家富贵来得太突然,教淳于棼有些迷惶,【上林春】一曲中,淳于棼唱道:"平步忽登天子堂,尚兀自意迷心恍。"他不知道自己哪里来的姻缘就突然被公主看上,一下子从一个毫无前途的落魄之人变成如今的炙手可热。淳于棼觉得自己如在梦中。

这时,因为琼英郡主三人的出现,将三人中元之日水边相遇一事,以及在孝感寺听契玄禅师讲经时淳于棼曾对瑶芳公主的金钗犀盒相思钟情一事与淳于棼仔细回忆了一遍。淳于棼想起所有前因后果,这才相信一切确实是真实的。这让淳于棼的情绪发生了翻天覆地的变化，一下子喜不自胜。淳于棼在这样的心境下和公主完婚。第十三出《尚主》一拉开帷幕，在琼英郡主带领乐队的高歌之下，公主和驸马结婚的戏码将全剧的富贵盛大场面推向高潮，加上淳于棼此刻一改之前的心恍，变做满心的欢喜，因此场面更是旖旎。

（老赞拜天地介）（转向拜国王国母千岁介）（赞"驸马拜见公主""公主答拜"介）（内使送酒介）槐安国里春生酒，花烛堂中夜合欢。国主娘娘钦赐驸马公主合卺之酒。（生、旦叩头谢恩介）（老）驸马公主，饮合欢之酒。（合卺介）

【锦堂月】（生）帽插金蝉，钗簪宝凤，英雄配合婵娟。点染宫袍，翠拂画眉轻线。君王命即日承筐，嫦娥面今宵却扇。（合）拈金盏，看绿蚁香浮，这翠槐宫院。

"仙乐奏钧天，仪从来仙苑。"热闹非凡、荣华万千。两人在这种盛大的场面中，在众人的簇拥下拜了天地，共饮合卺酒，淳于棼志得意满，情绪达到了最高潮。当淳于棼处在这种热烈的情境中时，他的心态再次发生了转变，他觉得这一切既然是真实的，虽说突然，自己又有什么受不起的呢？所谓"英雄配合婵娟"。这么一想，他又生出急不可耐想进洞房的心思来。可以看到，人物的心理状态也随着梦境的展开而不断变化着，于是一个春风得意的新郎官形象恍若眼前。淳于棼走进了他梦寐以求的向往之中。

二、淳于棼的自我认同

淳于棼从进入槐安国之前的失意绝望，到刚入槐安国时如在梦中、心存恍惚的状态，再到相信一切是真实的，从而产生出一种舍我其谁的自豪

第三章 《南柯记》剧作情境分析

与满足感，完全出于他对于自我的认同。

尽管淳于棼在入槐安国之前落魄潦倒、毫无前途，但这个前途和潦倒是针对仕途和官场而言的。淳于棼辞官而去，再无出仕的可能，这让他觉得绝望，所以但愿长醉不复醒。而之前的辞官更是如此，饮酒贻误军机，这是他心里最不能容忍的，他认为的自己应怒马仗剑定边疆，而不是栽在一件小事上。所以在主将辞退他之前，他就自己辞职了，彻底将自己的仕途画上句号。他就是因为非常清楚这一点，所以日日借酒消愁，自觉清醒的生活里已经没有他所要的了，不如醉酒时还能回味往日繁华。这就是淳于棼的现实心态。当他来到大槐安国，一开始觉得突然，似在梦中，所以心生恍惚，可是他并没有怀疑，也没有想着离开，因为他心底里实际上无比渴望这一切都是真的。

杜丽娘在做梦时清楚地知道自己就是在梦中，相比于她，淳于棼断然不会承认自己身处梦境。设想一下，如果采用《牡丹亭》的构梦方式，一个虚无缥缈、来去无踪的梦境发生在淳于棼身上，顶多就是春梦一刻，片刻即忘，就无法表现人物的深层动机。而如同《邯郸记》那样塑造梦境的话，观众从一开始就知道主人公是在做梦，那么淳于棼丰富多变的内在心理，以及生动的人物形象还会如此真切地展现在我们眼前吗？正因为我们和戏里的淳于棼一样，不到最后不知真相，才会让人深陷其中、欲罢不能。

所以，淳于棼的心底本就隐隐倾向于这一切都不是梦，都是真实的。加上琼英郡主和旧日好友等人相继出现，淳于棼就立刻产生了一种春风得意、舍我其谁的满足感，他把自己比作英雄，根本没有多想自己为什么如此轻易就受公主青睐。自己一介贫民还是异类，为什么和公主的爱情之路就走得如此顺利？他根本不会多想这些，所以他就不会怀疑自己是在梦中。而他的真实心理活动轨迹也就通过他沉迷于梦境的动机而完整地展现了出来。

按照以上分析，既然类似现实传奇一般的梦境，使人物形象在入梦时显得丰富多层,那么为什么作者不索性把这部剧写成一个完全的现实传奇剧呢?一个人机缘之下来到蚂蚁王国,一番际遇之后彻悟,最后断去尘缘。这样的故事难道就没有醒世之意了吗?

梦境是一种特殊的形式元素。我们知道不同的梦境是为了塑造和展现不同的人物形象而服务的。那么要弄清楚这个问题,就要看到梦里的淳于棼和现实的淳于棼有什么不一样,梦里的情境如果放到现实生活当中,淳于棼的表现又会有何不同呢?

首先来简单梳理一下梦境的情境中主要的人物关系:淳于棼、瑶芳公主,以及琼英郡主等组成的情感关系线;淳于棼、段功、蚁王等组成的官场关系线。而这两条线索又相互交织,互为影响,在情境的运动中逐渐发展递进,也使得各类人物形象更加饱满、多层次地立在我们面前。

淳于棼婚后看着自己如今霎时拥有的富贵繁华,"落魄多年,荣华一旦",不自觉思念起戍守边疆、久别无信的父亲,因此闷闷不乐。公主体贴淳于棼,答应为其寄书寻父。同时,公主又思及丈夫所想,不等淳于棼开口,就替他向国王求取官爵。可以看到,蚂蚁王国里金枝玉叶的公主,完全就是人间男子所需求的完美妻子的化身。她不仅出身高贵、容貌清丽,且三从四德,一切为夫君考虑妥当。并且,公主深谙官场之道,在淳于棼进入大槐安国成为驸马开始就为他的仕途谋划,甚至在临终的时候依旧在为淳于棼担心牵挂,公主早就想到了淳于棼这个外族终究会因为自己的死去而在槐安国里渐渐失势,所以千叮咛万嘱咐之后才撒手西去。可见,瑶芳公主对官场和局势的判断比淳于棼要准确很多,很有政治才华和手腕。但同时她却甘心做丈夫背后的女人,默默支持着自己的夫君。瑶芳是怎么故去的?因为生孩子太多而伤了元气。公主对淳于棼的爱几乎是付出所有、倾尽一切的。这样的女子,怎么不是普天下男子所想所求?

那么淳于棼呢,他在公主替他求来南柯太守这个封疆大吏之后,淳于棼的第一反应并不是高兴，而是有些自嘲地说："如此，便做了个'老婆官'。"虽然明知道自己对于槐安国而言是外族，也很清楚自己如今的富贵全部是因为公主，更清楚自己是不甘心只做一个好丈夫的，更渴望出仕为官、一展才华。可是淳于棼在知道自己成了手握重权的封疆大吏之后，并不是高兴，而是落寞，自嘲只是做了一个"老婆官"。公主看到驸马这样，暗自心道，驸马一人背井离乡在这里做赘婿十分不容易，暗下决心要全心对他，给他一个温暖的家。

淳于棼和公主这条感情线行进到这里，已经和官场权利的关系线纠缠在了一起。国王重用淳于棼，不是因为他有才华，不是因为赏识他，甚至也不指望他能做个好官、造福一方，仅仅是因为他的女儿为自己的夫君求官这个简单的原因。国王的自负性格我们在之前的情境分析里已经分析过了，他自负，觉得槐安国是因为自己治下才会国富民安，跟谁来做官、做什么官根本没有关系，所以国王毫不犹豫地答应了公主的请求。这一点正是段功和淳于棼结怨的开始。

段功与《邯郸记》里刁钻弄权的宇文融不一样。他从一开始就不同意公主去人间寻找驸马，认为"非我族类，其心必异"。在淳于棼来到大槐安国之后，因为淳于棼与公主感情甚笃，公主又作为国王、王后的独女成了淳于棼最坚实的靠山。段功对淳于棼毫无办法，但是他知道淳于棼并无真本事又嗜酒成性，仅仅是因为裙带关系成了国之重臣，最重要的是权力地位威胁到了他这个本来一人之下万人之上的右相大人，这让他十分不安。隐藏的矛盾在一点点酝酿，随着情境的变化，如今淳于棼得势，又有公主的强力支持，而他又十分了解国王的为人，所以只能掩藏锋芒，暂时蛰伏。段功看到了淳于棼的得势全部是因为公主，可是淳于棼本人却并不这么认为。

之前的分析中，淳于棼自我认同感极高的形象已经展现在我们眼前。在淳于棼自己的心目中，他是有真才实学的，绝不是一个甘于做"老婆官"

的人。所以到了南柯郡之后，淳于棼勤政爱民，将南柯郡治理得井井有条。在剧本第二十四出《风谣》当中，作者借来给公主送佛经的紫衣官的眼睛描绘了在淳于棼治理之下富饶安定的南柯郡。

> 才入这南柯郡境，则见青山浓翠，绿水渊环。草树光辉，鸟兽肥润。但有人家所在，园池整洁，檐宇森齐，何止苟美苟完，且是兴仁兴让。街衢平直，男女分行。但是田野相逢，老少交头一揖。

南柯郡风景秀美，人们友爱恭敬。紫衣官十分纳罕，没想到淳于棼竟然有这样的本事。于是打算去探问前面的百姓，看看他们怎么议论如今的南柯郡。百姓们的回答勾勒出一幅太平盛世的景象：

【孝白歌】（众扮父老捧香上）征徭薄，米谷多。官民易亲风景和。老的醉颜酡，后生们鼓腹歌……

【前腔】（众扮秀才捧香上）行乡约，制雅歌，家尊五伦人四科。因他俺切磋，他将俺琢磨……

【前腔】（扮村妇女捧香上）多风化，无暴苛，俺婚姻以时歌伐柯。家家老小和，家家男女多……

【前腔】（扮商人捧香上）平税课，不起科，商人离家来安乐窝。关津任你过，昼夜总无他……

老人、秀才、妇人、商人，都把南柯郡当成幸福的安乐窝。而当紫衣官问起"公主好么"时，这些人却不约而同地反问："你道俺捧灵香，因甚么？"人人为公主和驸马的身体安康祈福祭拜，南柯郡的百姓更是为驸马立生祠、立石碑记载他的德政。紫衣官看到这样的景象，不禁纳罕："奇哉！奇哉！真个有这等得民心的官府。"在之后的剧情中，百姓更是因为淳于棼的离开夹道相送，依依不舍。

第三章 《南柯记》剧作情境分析

这样的淳于棼无疑是有极大政治才华和抱负的。可是剧本开头，入梦之前的现实世界里，淳于棼是一个陷入绝望、仕途渺茫的落魄之人，他的政治才华究竟如何，我们并不知道。可是另一件很有意思的事件在之后"巧合"般地发生。

檀萝国四太子因为觊觎瑶芳公主的美貌，率兵来犯。淳于棼既为保护自己的国家子民而战，也为保护自己的妻子而战。于是，他厉兵秣马，点兵御敌。这时，他的好友周弁却因为醉酒而延误军机。淳于棼大胜檀萝国之后，回到南柯郡，义正词严地要处决周弁。在田子华等人的劝解下，才改将周弁拘禁下狱，送到京城让国王处置。情境运动到这里，淳于棼的形象再一次在观众面前变得丰富活现。我们记得的是，在剧本开头，在淳于棼潦倒落魄的那个现实世界里，他就是因为醉酒延误军机而失了主帅的心。那时的主帅，一没审判淳于棼，二没问斩淳于棼，甚至没有辞退淳于棼，是他自己感到此事之后前途无望，因而引咎辞职。淳于棼在现实世界里犯的，正是周弁在梦境世界中犯的一模一样的错误。

那么作者为什么要在梦境中，安排这样一个"巧合"的事件呢？这就是《南柯记》为什么没有成为一部彻底的现实传奇，而作为一部带有现实传奇色彩的梦境的原因之一。就是因为在梦里，淳于棼才可以自由地发挥自己的潜意识，他所认为的自己是一个怎样的人，在梦里得到了淋漓尽致的展现。南柯郡治理得十分有序，有为官之才。对抗檀萝又十分得力，有为将之才。有功有名，儒家所追求的人生价值得到了全面体现。

梦里的淳于棼，是他自己认为的那样一个人，而现实生活里的淳于棼才是真实的他，但是，这两个人几乎不是同一个人。这个富有政治才华和治国手段，又能领兵打仗、决胜千里的淳于棼，是梦境世界里的淳于棼；而那个因为蓄意醉酒、延误军机、辞官离去，最终郁郁寡欢、以酒度日的淳于棼，才是现实世界里的淳于棼。

第三节　情了梦断的无途之路

如果《南柯记》是一出现实传奇剧，那么那个懦弱无能又爱做白日梦的自我认同感极好的淳于棼，根本不可能成为如今剧本里大槐安国那个允文允武的驸马爷。这样的梦境设置不仅丰富了人物形象，更把人物所认同的自己和真实的自己作了一个极其鲜明的对照。可是即使这样又如何？不管他是现实里那个逃避、绝望、懦弱无能的淳于棼，还是大槐安国里那个才华横溢、意气风发的淳于棼，结果都是一样的，没有出路。

淳于棼认为自己治理南柯郡，大败檀萝国，这些都已经成为他从此可以在槐安国立足的筹码，以为即使不凭借公主，他依然能权倾天下。可是他不知道，就算他拥有经天纬地的才华，在槐安国里，他仍然只是做了一个"老婆官"。第三十三出《召还》中，公主知道自己命不久矣，心里担心淳于棼未来的前途。公主难道看不到淳于棼的才华吗？并不是。相反，公主非常清楚，才华对于这个国家、朝廷来说并不重要，重要的是裙带关系，是背景和靠山。自己的离开必定会成为淳于棼命运的转折点。于是她拉着淳于棼絮絮说道："驸马久在南柯，威名太重，朝臣岂无妒忌之心"，"兼之二十年太守，不可再留"，"你回朝去不比以前了，看人情自懂，俺死后百凡尊重"。公主这些话是肺腑之言，但淳于棼认为自己是有真才实学的，并

第三章 《南柯记》剧作情境分析

不是"老婆官",像自己这样的有才之上,国王必会继续重用,这和公主本身没有任何关系。所以这时的淳于棼只是为公主的离开而伤心不已,是失去一个贤惠妻子的未亡人的心态,并没有为自己未来仕途的危机有任何忧心之感。

淳于棼和公主的感情为他带来了仕途的亨通,也因此得罪了一部分人,首当其冲的就是段功。段功和淳于棼之间的矛盾不是没有由来,是在剧本情境的转变之后,一点点铺排开来,使人物关系在剧本的情境运动变化之中也逐步发展,直到最终凝结成巨大的矛盾,段功将淳于棼驱逐出槐安国为止。

段功与《邯郸记》里刁钻弄权的宇文融不一样。他从一开始就不同意公主去人间寻找驸马,"非我族类,其心必异"。在淳于棼来到大槐安国之后,因为淳于棼与公主感情甚笃,公主又作为国王、王后的独女成了淳于棼最坚实的靠山。权力地位威胁到了他这个本来一人之下万人之上的右相大人,这让他十分不安。段功对淳于棼毫无办法,只能暂时掩藏锋芒,静待时机。隐藏的矛盾一点点酝酿,随着情境的变化,在公主去世后,淳于棼背后的强力支持者消失,段功对淳于棼就不再那么客气了。可公主临终留下遗言,对淳于棼的前途充满担忧。凭着对女儿的感情,国王和王后也不会断然触动淳于棼。两人因为公主葬地一事争执不下,矛盾进一步激化。而公主去世后,情感空虚寂寞、内心孤单绝望的淳于棼遇到了琼英郡主、灵芝国嫂和上真仙姑三人的色诱,终于把持不住。淳于棼和琼英郡主三人在人世早就结下情缘,先有河边相遇,后又在讲经会上巧笑倩兮,美目盼兮,言词温软,眼角留情。这份情缘在淳于棼成为驸马之后渐渐隐去,但并没有消失。直到公主死去,淳于棼孤单而苦闷的时刻,这三个女性又来到他身边,真正成其鱼水之好。仔细品味,淳于棼对这三个女性的情欲似乎更强烈些。此间没有功利,只有男女初见时的纯粹萌动,实则非常单纯。也正是这个原因，使段功找到了扳倒淳于棼的突破口，让他将淳于棼一下击溃。

淳于棼被软禁，第四十出《疑惧》中，本来唱词多是对自己遭受打击的怨愤与不甘之情。他对着公主的灵位哭泣，"连柯并蒂作门楣""珊瑚叶上鸳鸯鸟"。当知道了事情发生的来龙去脉之后，又说道："不怨国人，不怨右相，则怨天""少不得埋怨自家"，还寄希望于"君王明察"，让自己重新回到之前的富贵生活。国王召见淳于棼，他内心忐忑。谁知国王要将他遣生归里，淳于棼想起自己在大槐安国已经匆匆几十年，几乎是人的一生，回顾往昔，不自觉感慨自身。于是淳于棼主动请求返回人间。从不甘心就此落魄，想回到从前公主在世时的富贵荣华、权倾天下，到现在思念家乡、主动请归，淳于棼的内在情感转变很快，却合乎情理，因为他的转变和人物当时所处的情境是契合的。可以看到，梦境中人物情感的变化发展，以及人物关系的变化发展，都是和情境的运动交织在一起的，推动情境往前运动，同时又因为情境的影响和制约，产生新的发展变化。

情境发展到这里，主人公的完整形象已经向我们展现出来。梦境里的淳于棼和现实中的淳于棼，形成一个得意一个失意的双重形象。他所认为的才华横溢的自己，和那个一事无成、前途渺茫的自己，形成鲜明的对比。

回到人间之后的淳于棼依然放不下梦中世界，在看到瑶芳公主升天之时，一把拉住她要再做夫妻。在契玄禅师挥剑断情丝之后，淳于棼才彻底梦醒。幡然醒悟到梦中一切，从得意到失意不过过眼云烟。至此，淳于棼才真正放下了入梦前的失意愤懑，真正圆满。

梦中世界是从得意到失意，现实世界是从失意到得意，两个世界正好相互对应，形成了独特的形式结构。而两者又互为支持，相互推动前进。如果没有入梦前现实世界的失意，淳于棼就不会来到寺中听契玄禅师讲经，就不会遇见前来选驸马的琼英郡主等人。如果没有之前现实世界的失意，就算淳于棼来到大槐安国之后骤然富贵，他也不会对梦中的世界如此难以割舍、念念不忘。一个事业爱情双双不得意的人，一下子变得事业爱情双丰收，这让淳于棼更加难以自拔，至此才一步步泥足深陷。他的事业成功来源于和公主的夫妻情深，一旦公主离开，他的事业也走到了尽头。也正是因为淳于棼经历了梦中世界的大起大落，从得意再次跌回失意，他才会在梦醒时幡然醒悟，在现实世界获得得意。而最让淳于棼感到绝望的是，不论是梦里那个才华横溢、际遇非凡的自己，还是现实生活里这个前途渺茫、毫无希望的自己，在这样的世界里，在这样的朝廷里，都是没有出路的，最终都是绝望的。这是他最终走向出世的动因。现实世界和梦中世界相互独立，却互为依托，相互推动，最后真正醒悟，受到点化。

第四章 《邯郸记》剧作情境分析

第四章 《邯郸记》剧作情境分析

《邯郸记》创作于明万历二十九年（即公元 1601 年），是汤显祖"临川四梦"中最后一部剧作。该剧改编于唐沈既济的传奇《枕中记》，讲的是八仙之一的吕洞宾以梦境度化卢生的故事。以唐人沈既济《枕中记》为题材的戏曲作品存在两个系列，第一个系列包括元人马致远与李时中、花李郎、红字李二共同创作的《邯郸道省悟黄粱梦》（以下简称《黄粱梦》），明人苏元俊的《吕真人黄粱梦境记》，其中被度者均为吕洞宾；第二个系列包括明人谷子敬的《邯郸道卢生枕中记》，脉望馆抄校本《吕翁三化邯郸店》，以及汤显祖的《邯郸记》，其中被度者均为卢生。这两个系列的作品，分别以马致远《黄粱梦》和汤显祖《邯郸记》为代表作，它们分别是这两个系列作品中成就最高者。如以二者相比较，可以看出它们的构思大不相同。《黄粱梦》以"外"扮被度者吕洞宾，而以"正末"扮度人者钟离权。钟离权先后幻化成高太尉、老院公、樵夫、邦老，给吕洞宾带来种种好运或厄运，同时向吕洞宾反复宣扬酒、色、财、气的危害，最后使吕洞宾蘧然梦觉。《邯郸记》以被度者卢生为主角，让他在梦中经历几番浮沉荣辱，大起大落，直至享尽荣华富贵，仍然不肯撒手，最后从梦中醒来，这才幡然醒悟。从剧作结构来看，《黄粱梦》重在钟离权的度脱，而《邯郸记》重在卢生本人的生命体验，二者明显不一样。可以说，《邯郸记》已经不是原来意义上的度脱剧。

和汤显祖两年前创作的《南柯记》相似的是，《邯郸记》中的梦境同样是剧本的主体部分。从第四出《入梦》到第二十九出《生寤》，在一共三十出的戏曲剧本中梦境占到了绝对比重。另外，同《南柯记》相似的是，《邯郸记》中的梦境也均是如同现实生活一般清晰而具体的，是充满现实色彩的梦境。卢生和淳于棼一样，一梦便是一生，经历了一生的起起伏伏，最后在梦醒后发现梦里一生，现实只是弹指一挥间。梦里的繁华，到了现实中也不过是过眼云烟，继而了悟、弃世而去。《南柯记》中有契玄禅师点化淳于棼，而《邯郸记》中则有吕洞宾。从主题意义上讲，《南柯记》和《邯郸记》不可谓不相似，既有作者出世、弃世的情怀，又有对浮世波澜诡谲、明争暗斗的名利场的讥刺。

既然《南柯记》《邯郸记》两剧有诸多相似之处，主题意义也相同类似，那么作者为什么还要在创作了《南柯记》两年之后，再次创作《邯郸记》呢？在之前《南柯记》的情境分析当中，我们知道任何一出好戏，落脚点始终应在人物身上。情节有相似，主题有相近，可人物却永远是独一无二的。而"临川四梦"四剧，虽然出出有梦境，但各梦各有异同。不同的梦境正是为了呈现和表现不同的人物，使人物的内在生命情感通过相应的梦境分别展露出来。这应当也是为什么作者在创作了《南柯记》这个带有醒世寓意的戏曲剧作之后的两年，又再次创作《邯郸记》这一题材相似的剧作的原因所在。因为虽是同一类剧作，但人物不同，剧作的意义也就大不相同。醒世之意是作者想要表达的主题，神仙道化也好，佛教悟世也罢，但是，在一部具体作品中，对于艺术家而言，人物内心的刻画才是戏剧艺术的灵魂所在。

如之前行文所分析，梦境是为塑造人物而构建的特殊情境元素。那么《邯郸记》中的梦境有何独特性？它又是如何通过独特的梦境元素来塑造个性化的人物形象的呢？

首先来看梦境之外的现实世界，在《邯郸记》中，梦境之外的现实世界实际上是梦境世界的基础和铺垫。在按照戏曲惯例的第一出《标引》统览全剧之后，主人公卢生在第二出的《行田》正式登场。和淳于棼在现实中的前途绝望不同的是，卢生行田，虽然落魄穷困，却是对未来充满无限期待的。

【破齐阵】（生上）极目云霄有路，惊心岁月无涯。白屋三间，红尘一塌，

第四章 《邯郸记》剧作情境分析

放顿愁肠不下。展秋窗腐草无萤火，盼古道垂杨有暮鸦，西风吹鬓华。

卢生牵着马独自走在田间小路上，来处是茅屋三间、浮世万丈中小小一塌。秋窗腐草、垂杨暮鸦，西风似乎把鬓角也催生华发。卢生当时所处的穷困情境在唱词中为我们展现了出来，在诗词的渲染中更添苍凉感。但卢生在此情境中，他的心境又是怎样的呢？

> 眼到口到心到，于书无所不窥；时来运来命来，所事何件不晓！数什么道理茧丝牛毛，我笔尖头一些些都篦的进，挑的出；怕那家文章龙牙凤尾，我锦囊底一样样都放的去，收的来。……

卢生虽然"村居草食"、出身寒微，虽然"遇不遇兮二十六岁"，将近而立之年，还是孤家寡人、怀才不遇，但是卢生显然并没有对自己的未来绝望，言辞间对自己的才华更是十分自信。行走在古道西风残阳的陌上小道之上，虽然有郁郁不得志的酸腐之气，但是眉宇间却还流露出自信的神态。我们在这场戏中可以明显感觉到卢生和淳于棼的不同之处。淳于棼和卢生虽然同样自我认同感很高，但淳于棼自从辞官别去之后，心里非常明白自己前途晦暗，于是在现实里陷入绝望之中，只能靠酒度日。他的性情里有软弱的成分，虽然自认为有才，但他的选择是逃避，用醉生梦死来麻痹自己的神经。而卢生不同，他是怀才不遇，从未考取功名。虽然如今功不成名不就，但是他对自己的才华是自信的，那种虽然落魄却难掩神采的状态，是淳于棼所不具备的。这是他和淳于棼的不同。所以作者为淳于棼设计的梦境是和现实世界完美过渡的梦境，真实到令主人公自己乃至观众，都无法区分。淳于棼沉浸于梦境，又何尝愿意梦境只是南柯一梦呢？而卢生是从未尝试过开始自己的人生，从未涉足官场仕途，他心底种下的对名利富贵的执念在他二十六年籍籍无名的人生当中一点点生根发芽、发展壮大，埋下根深蒂固的种子，直到梦里的泼天富贵令他步步沉沦、难以自拔。

这场主人公登场的戏剧场面，为之后梦境当中的情境展开打下了基础。现实里的穷困潦倒、怀才不遇和梦境中大展宏图、富贵逼人的情境形成鲜明对比，给人物形象的充分展现提供了可能性。另外，也正是卢生心里对富贵功名的执念，从而引出了之后吕洞宾欲度化遭拒而以梦中富贵点化卢生之事。

和《南柯记》相同的是，在梦境之前的现实世界是通过两条线索对即将展开的梦境进行铺垫的。在第三出《度世》中，虽无主人公卢生登场，但却是梦境展开不可缺少的元素，也是构成之后情境的重要场面。

在这场戏中，因何仙姑证入仙班，吕洞宾奉张果老之命下界度化有仙缘之人，来接替何仙姑之前打扫蓬莱仙庭门外落花的工作。吕洞宾在洞庭湖上的岳阳楼里，和酒客们聊天观察，一一试探每个人的道缘，却发现茫茫人海竟无一人可度。于是决定去邯郸道上试一试运气。这就为吕洞宾遇到卢生增加了机遇。情境向前运动，吕洞宾来到邯郸道，在下一出的《入梦》中，遇到了卢生。

《入梦》一出分为两个戏剧场面，是全剧中较为重要的一出。一个是卢生在邯郸道上赵州桥北的小饭馆里遇到吕洞宾，吕洞宾因他有仙缘劝他弃世而去，却被心底怀有功名梦的卢生拒绝。于是吕洞宾送卢生一个枕头，让他在饭前小憩一会。梦枕给了卢生一段梦境中的人生。当卢生在梦境中醒来，发现自己在崔家的花园里，并邂逅了崔府小姐。

两个场面一个为现实中的场面，一个是梦境中的场面，这出戏正是从现实向梦境过渡的，在整部剧中占有重要地位。第一个戏剧场面中，首先是吕洞宾上场。他来到邯郸道不为别的，只为卢生而来，目标明确、主题鲜明：他要度化卢生。但是卢生因为"学成文武之艺，未得售于帝王之家"，因此"沉障久深，心神难定"。吕洞宾知道这样的人"非口舌所能动也"。于是他想了个巧妙办法，专程来到邯郸道上，等在卢生必经的小饭馆里。

按照戏曲叙事的惯例，人物前史通过人物的台词、唱词等，以叙述的形式传递给观众，而场面的笔力则主要凝聚在人物关系的进展和主人公形象的展现上面。通过吕洞宾的叙述，我们知道了吕洞宾等在此处的原因和动机，并且大致对接下来的剧情有所预估和期待，在主人公卢生上场之后，我们便能很快进入情境。

卢生来到邯郸道上的小饭馆，遇到了吕洞宾。

（生）店主人，这位老翁何处？（丑）回回国来的。（生）老翁容貌，不像回回。（吕）贫道姓回，从岳阳楼过此。足下高姓？（生）小子卢生是也。久闻的个岳阳楼，景致何如？

吕洞宾专程到邯郸道上来等卢生，在之前的剧情中我们知道吕洞宾对度化卢生一事已经动了很多脑筋，做足了功课，而好不容易见到主人公之后，吕洞宾却一改之前急切的状态，悠悠然和卢生聊起了天。这场戏中，我们可以看到吕洞宾挑起了岳阳楼的话头，在卢生问起岳阳楼之后，又吟诵了长篇大段的《岳阳楼记》原文。吕洞宾很清楚卢生是不会轻易被言语感化的，因此他想通过《岳阳楼记》中登高远眺之后"宠辱不惊、物我两忘"的意境来试探卢生，可卢生完全感受不到吕洞宾的用意，也领悟不到《岳阳楼记》中的高深意境。在吕洞宾的大段吟诵之后：

（生）好景致也！老翁记的恁熟，讽诵如流，可到了几次？

卢生关注到的只是《岳阳楼记》中描写景致的笔墨，吕洞宾的诵读也没有激起他心底宠辱皆忘的情致，他所能因此联想到的仅仅是"你背的这么熟,那岳阳楼想必去过很多次了吧"。当时的卢生丝毫感受不到超脱、出世的快慰,眼中只能看得到俗世功名。

吕洞宾一招不行,再来试探,问起卢生庄稼如何:

（生）谢圣人在上！去秋庄家,一亩打七石八斗,今岁整整的打勾了九石九哩！（吕）这等你受用哩。（生笑介）可是受用了。（生忽起,自看破裘叹介）大丈夫生世不谐,而穷困如是乎。（吕）观子肌肤极腴,体胖无恙,谈谐方畅,而叹穷困者,何也？

……

（生）老翁说我谈谐得意,吾此苟生耳,何得意之有？（吕）此而不得意,何等为得意乎？（生）大丈夫当建功树名,出将入相,列鼎而食,选声而听,使宗族茂盛而家用肥饶,然后可以言得意也。

卢生的志愿十分坚定:钟鸣鼎食、封妻荫子,除此之外的任何事都不能令他有丝毫动摇。吕洞宾在两次尝试规劝卢生失败之后,终于彻底放弃了言语上的度化,就像他在开场的叙述中说的,"此非口舌所能动也"。

（生作痴介）我一时困倦起来了。（丑）想是饥乏了,小人炊黄粱为君一饭。（生）待我榻上打个盹。（睡介）少个枕儿。（吕）卢生,卢生,你待要一生得意,我解囊中赠君一枕。（开囊取枕与生介）

【尾声】看你困中人无智把精神倒,你枕此枕呵,敢着你万事如期意气高。店主人,你去煮黄粱要他美甘甘清睡个饱。（吕下）

在言语规劝失败之后,吕洞宾动用仙法,用一个枕头使卢生榻上一梦,用梦境中一生的跌宕经历来感化现实中的卢生。

第四章　《邯郸记》剧作情境分析

在这个场面中，我们可以看到，开篇部分吕洞宾的叙述的确给了我们大概的印象，使我们对接下来要展开的具体场面有一个期待和预估，但是我们只是概念化地知道了卢生一心功名、"非口舌所能动"。但是吕洞宾和卢生人物关系的展开，却是在具体场面中的"你来我往"之下才有了一步步地推进。

卢生对功名的执着是因为他的人生还没有开始，他对未来的向往停留在这么多年所接受的儒家入世思想的影响之中，在他看来，自己学成文武之艺就为得售帝王之家，否则一生所学便无用处。无论吕洞宾对他谈及《岳阳楼记》中"宠辱不惊、物我两忘"的人生意境，还是谈及"庄稼丰收、衣食无缺"的平淡生活，卢生都无法听进去。归根结底的原因还是他的人生尚未开始，因为没有经历过，所以尤显固执，所有过来人的规劝也好、感悟也罢，对他而言都是不入耳的，无法领悟也无法理解。所以唯一的办法就是让他亲身经历一番。因此，吕洞宾赠他一枕，便是让他"得意"一番。有了这层梦中经历，卢生才有可能和吕洞宾站在一个层面上对话，否则永远是鸡同鸭讲，又怎么可能被度化呢？

从现实到梦境的情境转换通过主人公的唱词作为转场手段来为观众展现。枕头发出光亮，卢生定睛看去的时候，竟然掉了进去，再看便是一条齐整的官道和一座红粉高墙。

主人公入梦这场戏在《南柯记》和《邯郸记》中就有很大的不同。《南柯记》中的淳于棼并不知道自己处在梦境之中，现实和梦境的转换是具体的，仿如一场现实传奇。而《邯郸记》中的这场梦境，主人公很清楚是在做梦，观众也同样清楚主人公从现实到梦境的转换。梦境的不同，是因为两个剧本所要塑造的主人公的不同。卢生和淳于棼是不一样的，淳于棼是对现实生活绝望，主动逃避，进入梦中世界后虽然怀念现实世界里失去音讯的老父亲，但是更多的是对梦中世界繁华的留恋。在被段功打击之后，仕途遭挫，国王提出送他回人间，淳于棼当时是有机会的，可是他丝毫没有为自己辩白和争取，相反，立刻思念起自己在人间的亲友，主动答应回到人间。但卢生恰恰相反，他是个目的性非常强烈的人，很清楚自己要的是什么。当他在梦中世界几次遭遇起落，贬谪、流放、苦役，甚至差点被杀头，梦外的吕洞宾几次以为卢生就要醒来，谁知他又沉沉睡去。无论他遇到多么低谷的时候，他都没有放弃过自己要的东西。即使在临终前，他想的都是自己那个不成器的儿子，如何延续自己家族的鼎盛，如何将自己的威望延续到死亡之后。直到生命终结，他从梦中醒来，才彻底和梦里的一切宣告结束。到了不得不放手的时候，才感觉到人力有尽时。

在这个场面中，我们可以看到，让我们捕捉到如此多人物身上具体、丰富的内在生命的是具体的场面，是动作的展开，而不是每场戏开篇中冗长的叙述部分。那些背景和前史被剧作家用叙述的形式直接传达给观众，而那些展现人物关系的生动、好看的情境运动，则还是通过具体的场面来为我们展现。这是戏曲区别于传奇的特色所在，也是精华所在。而在每一个具体的场面中，依旧是按照戏剧逻辑模式来塑造的。

为了让卢生彻底了悟人生是场虚梦，功名利禄也不过是过眼的烟云，吕洞宾在给卢生安排的梦境中，使他经历了人生的大喜大悲、大起大落，以这些强烈的生命体验来冲击现有的儒家世俗观念，从而摆脱现实人生，得道升天。而全剧的主要篇幅，都在浓墨重彩地渲染卢生梦中所经历的起起伏伏的命运。

第四章 《邯郸记》剧作情境分析

第一节 建功名

第四出《入梦》中,卢生刚刚进入梦中幻界,便误闯一户深宅大院,在他眼中堪比公侯贵衙的气派,原来是世代荣华的清河崔氏。卢生被误认为贼盗,被院丁拿住,一场纷扰后,女主人崔氏却让他选择要"官休"还是"私休"?官休是直接送往清河县衙,私休却是招赘入门,与崔小姐成为夫妻。卢生二话不说,情愿私休。入梦之后的第一个戏剧情节,便是卢生的"洞房花烛夜",他喜不自禁地感叹:"三十无家,邯郸县偶然存札,坐酸寒衣衫蔫苴。妆聋哑,谁承望颠倒英雄在绛纱……"三十年的光棍忽然受到世家小姐青睐,顷刻间花烛、洞房,卢生的梦幻人生从此启程。

第七出《夺元》侧面交代了卢生以金钱买通朝廷上下,夺得状元,连高力士也赞叹他"字字端楷",独独没有行贿于权臣宇文融。宇文融本已算计停当,但他的谋划全被打乱,埋下了卢生与宇文融今后的矛盾。而正面呈现卢生"金榜题名"的得意之态的,则是第八出《骄宴》。卢生夺得状元,志得意满,"走马御街游趁,雁塔标题名姓……峥嵘,想象平生,这一举成名天幸。"整出戏歌舞喧嚣,觥筹交错,氛围热烈,宇文融趁机放低姿态拉拢诸生。卢生却一时骄矜,自认为是天子门生,没有接下宇文融的话茬,颇有轻视宇文融的态度,从而再次得罪了宇文融,为日后宇文融屡次构陷自己埋下了祸端。宇文融作为冲突的对立面，使卢生备尝疾苦。

卢生假制诰命，被宇文融发觉，虽然"宽恩免究"，却将卢生外放陕州知州，凿石开河。而这"陕州一条官路，二百八十八里顽石。东京运米西京，费尽人牛脚力，转搬多有折耗，颠倒刻减顾直……"华阴山下的陕州，是东都洛阳通往长安的必经之地，长安所需粮米需要从陕州的运道通过，然而凿石开河的工程进行了一个多月，却并没有掘开一滴河水。卢生望着一望无际的山石，不禁感叹："山磊磊，石崖崖，锹锄流汗血，工食费民财。"他躬身示范，严密组织人力，带领河工合力开掘，锣鼓齐鸣，热火朝天。在这场声势浩大的工程中，卢生喟叹齐心协力的劳工不计血汗代价，与自然险阻顽强较量：

【桂枝香】（生）则为呵，太原仓窄，临潼关隘。未说到砥柱三门，且掘断芦根一带。看泥沙石髓，看泥沙石髓。便阴阳违碍，也无如之奈！好伤怀。（众）这辛苦男女们当得的。（生）滴水能消得，民间费血财。

在一番苦干中，终于引来了东头的河水。而官民欢喜之情正盛时，却报前面两座大山挡路，开掘不进。卢生听说两山分别唤作"鸡脚山"与"熊耳山"，便想出盐蒸醋煮的方法，烧山浇石，终于将山石化开，彻底开通了河道。卢生又命铸铁牛于河岸上，挽住大船。"一面催攒入关粮运，兼以招引四方商贾奇货，聚于此州；一面奏知圣上，东游观览胜景，也不枉陕州百姓之劳。"民众欢喜沸腾，沿河插柳，以添胜景。

在这一出戏中，场面饱满完整，气氛热烈异常，将卢生为官、为民开通河道的事迹鲜活呈现，刻画了卢生一展身手建立为政为民的重大业绩。既有政绩，又留德名，实现了儒家所追求的人生价值。

开通运道之后，唐玄宗由长安往洛阳沿途游览，卢生为讨皇帝欢心，不惜劳民伤财，组织"殿脚采女"千人，棹歌而行，又有崔氏敬献果品酒食，并且安排"江南粮饷，各路珍奇，逐队焚香，奏他本土之乐"。卢生极尽铺张之能事，唐玄宗龙颜大悦，不仅为新开的河道命名，还要求裴光庭为岸边铁牛作颂，刻碑树铭，以表彰卢生的大功。卢生深受君王褒扬，倍感荣耀之至。

情势急转直下，君臣畅游正欢时，突然传来边关军情，吐蕃大将热龙莽率大军冲破长城，杀进关来。众人六神无主之际，阴险的宇文融却再生一计：

（宇背笑介）开河到被卢生做了一功，恰好又这等一个题目处置他。（回奏介）臣与文班商量，除是卢生之才，可以前去征战。（上）卿言是也。

宇文融向皇帝保奏卢生领衔出征。只读过一些兵书却未曾征战过的卢生临危受命，星夜启程，甚至连妻子崔氏也来不及话别，直奔边关。

虽说宇文融一再构陷卢生，却为卢生大展抱负提供了契机。卢生根据敌情，定下计谋，离间吐蕃赞普与丞相悉那逻，并寻得一个精干的细作前去执行。细作意识到要深入龙潭虎穴，不肯应承。卢生将自己的计划详细说与细作知道，终于说服他前去执行任务。果然计谋得售，吐蕃内乱，大将热龙莽失去凭依，被卢生打得大败。汤显祖用热龙莽的惨败之状来侧面刻画卢生的不世之功。

【北调脱布衫】（莽领败兵走上）想当初壮气豪淘，把全唐看的忒虚嚣。到如今战败而逃，可正是一报还一报。

把都们，孩儿怎了也？

【中吕小梁州】（哭介）折没煞万丈旄头气不销，鬼哭神号。明光光十万甲兵刀，成抛调，残箭引弓弰。

（内鼓噪报介）汉兵到也。
（莽）走，走，走，那来的休得追赶！

【幺】兔窝儿敢盼得番兵到，锦江山乱起唐旗号，闪周遭天数难逃。血雨漂，兵风噪，难凭国史说咱是汉天骄。

……

【耍孩儿】从来将相难孤吊，一只手怎生提调？如风卷叶似沙漂，死淋侵无路奔逃。真乃是玉龙战败飘鳞甲，野兽惊回湿羽毛。央及煞孤鸿叫，一两句中肠打动，千万个大国求饶。

热龙莽被卢生追击，直逃出千里之外祁连山胡汉之界，狼狈至极，只得使计劝告卢生"飞鸟尽，良弓藏"的道理，卢生也立刻领会，不再追击，却被宇文融利用。卢生开辟千里疆土，是古来征战从未有过的疆域，立下如此丰功伟绩，他踌躇满志地勒石以志功业。

（生）从来有人征战至此者乎？（众）从古未有。（生笑介）怪的古诗云：空留一片石，万古在天山。吾今起自书生，仗圣主威灵，破虏至此，足矣。众将军，可磨削天山一片石，纪功而还。（众应磨石介）

【园林好犯】头直上天山那高，打摩崖刨锄划锹，向中间平治了一道。山似纸，笔如刀，把元帅高名插九霄。

（生）待我题名。（念介）大唐天子命将征西，出塞千里，斩虏百万，至于天山，勒石而还。作镇万古，永永无极。开元某年某月某日，征西大元帅邯郸卢生题。（放笔笑介）众将军，千秋万岁后，以卢生为何如？（众应介）是。

儒家对于"功名"的人生价值追求鲜明地体现在这一场面中。卢生想象着自己名垂青史，万古流芳，达到了人生功业的顶峰。而对于这一心态的刻画，汤显祖不惜笔墨，描摹的深入卢生骨髓。勒石题名之后，卢生不禁担忧：

（生）题则题了，我则怕莓苔风雨，石裂山崩，那时泯没我功劳了。（众）圣天子万灵拥护，大将军八面威风，自然万古鲜明，千秋灿烂。

立功、立德、立言为儒家"三不朽"，是至高至大的人生追求，卢生在此应了入梦前与吕洞宾侃侃而谈的"建功树名"，达到了事业最辉煌的时刻，充分实现了人生的价值。汤显祖在此浓墨重彩地刻画了卢生这一极致体验。

第二节　历磨难

放归热龙莽这一举动果然被宇文融再度利用。在卢生被皇帝封为定西侯，加太子太保，兼兵部尚书，同平章军国事，位极人臣之后，宇文融打探到卢生"通番卖国"这一"阴事"，连同萧嵩签押上本，将卢生扳倒。而卢生出将入相，皇帝恩宠，同僚钦羡，飞黄腾达，即便满大街人马刀枪形势急迫时，也未尝预料会是来拿解自己。《死窜》一出中，当卢生在皇帝跟前平章了几桩机务回府之后，与妻子崔氏享受着荣华的生活：

【幺】俺这里路转东华倚翠华，佩玉鸣金宰相家。新筑旧堤沙，难同戏耍，春色御沟花。

（见介。旦）公相朝回，奴家开了皇封御酒，与相公把一杯。（生）生受了。（内奏乐介）俺先与夫人对饮数杯，要连声叫干，不干者多饮一杯。（旦）奉令了。（生饮介）夫荣妻贵酒，干。（旦看介）公相干了，到奴家唤：夫贵妻荣酒，干……（内鼓介）报，报！听说人马刀枪，打东华门出，未知何故也。（生）由他，俺与夫人唱干饮酒。（旦饮介）妻贵夫荣酒，干……（内鼓介）（堂候官上介）报，报！外面人马自东华门出来，填街塞巷，好不喧闹也。（生）且由

他，俺与夫人叫第三干。(儿子走上哭介)老爷，老夫人，人马刀枪，济济排排，将近府门来也。(生惊起介)

【北醉花阴】这些时直宿朝房梦喧杂，整日假红围翠匝。铃阁远，静无哗，是潭潭相府人家，敢边厢大行踏？(听介)(内呼喝叫拿拿介)(生)不住的叫拿拿，敢是地方走了贼，反了狱？既不呵，怎的响刀枪人哄马？

(众扮官校持枪索上，叫众军围住介)(贴、老旦惊走，生恼介)谁敢无礼？

【南画眉序】(众)圣旨着擒拿。(生)是驾上差来的，请了。(众)奏发中书到门下。(生慌介)门下为谁？(众)竟收拿公相，此外无他。(生怕介)原来是差拿本爵，所犯何罪？(众)中书丞相奏老爷罪重哩。这犯由不比常科，干系着重情军法。(生)有何负国，而至于斯？(官)下官不知，有驾票在此，跪听宣读。(生、旦跪，官念介)奉圣旨：前节度使卢生，交通番将，图谋不轨，即刻拿赴云阳市，明正典刑，不许违误。钦此！(生、旦叩头，起，哭"天"介)波查！祸起天来大，怎泣奏当今銮驾！

卢生万万想不到自己身居庙堂，平章军国大事，一人之下万人之上，却如此突然地被皇帝判罪拿解，虽然曾经"朝为田舍郎，暮登天子堂"，但是旦夕之间也可以从朝堂公相摇身一变为阶下之囚，祸福无常，是容易让人产生人生如梦的时刻。汤显祖的戏曲创作常常在一出戏中完成情节的急转直下，气氛由欢愉而突转为悲戚，造成了场面中极为浓郁的戏剧性。

卢生本想拿刀自刎，却被圣旨要求"明正典刑"而只得放弃，认罪服法。可见他忠君思想根深蒂固，更是他文人士大夫的自我操守与要求。然而，面临从巅峰跌落谷底的重大变故，卢生并没有从睡梦中醒来，只是要求崔氏带领儿子们去午门前喊冤，自己则前往市曹等待行刑，按照自己平生信奉的儒家理念与世间的游戏规则而行，恪尽人臣本分。

吕洞宾也没有中途唤醒卢生，而是要让他经受更鲜活的人生痛楚与磨难，尝尽人生苦酒。卢生在妻儿的叫冤下，被免去死罪，"远窜广南崖州鬼门关安置"。刚从屠刀下逃得性命的卢生，旋即是一番与妻儿生离死别的凄惨景象。裴光庭救下卢生之后，卢生被勒令即刻发配，与崔氏话别：

（旦哭介）怎生来话儿都说不出来？奴家有一壶酒，一来和你压惊，二来饯行。（生）卑人见过那些御囚茶饭，早醉饱也。（旦）儿子都在午门叩头去了，等他来瞧一瞧去。（生）由他，由他，他来徒乱人意。夫人，不要他来相见罢了。（旦哭介）俺的天呵。也把一杯酒略尽妻子之情。

【南鲍老催】唏唏吓吓。（酒杯惊跌介）（旦"哎哟"介）战兢兢把不住台盘滑。扑生生遍体上寒毛乍。吸厮厮，也哭的，声干哑。（内鼓介）（内）卢爷，快行、快行。有旨着：五城催促，不可久停。（末、小旦扮儿子哭上）我的爹呵！（旦）这都是你儿子，怎下的去也。（生）是你妇人家，不知朝廷说我图谋不轨，如今安置我在鬼门关外。罪配之人，限时限刻。天呵，人非土木，谁忍骨肉生离？则怕累了贤妻，害了这几个业种，到为不便。（儿扯要同去介）（生）去不得也，儿。（同哭介）眼中儿女空钩搭，脚头夫妇难安札，同死去做一榻。（旦闷倒，生扯介）

【北水仙子】呀，呀，呀，哭坏了他。扯，扯，扯，扯起他且休把望夫山立着化。（众儿哭介）（生）苦，苦，苦，苦的这男女煎喳。痛，痛，痛，痛的俺肝肠激刮。我，我，我，瘴江边死没了渣。你，你，你，做夫人权守着生寡。（旦）你再瞧瞧儿子么。（生）罢，罢，罢，儿女场中替不的咱。好，好,好,这三言半语告了君王假。我去,请了。(旦哭介)相公那里去?(生)去,去,去,去那无雁处,海天涯。

这是一出令人动容的人间惨剧,汤显祖用饱满的笔墨将这一场面充分铺展开来,卢生的悲哀惨痛之情,跃出了纸面,有极得意,也有极哀婉,而这只是苦痛经历的开始。崔氏作为叛臣之妻,没为官婢,因于外机坊织作;其子被撵出京城。卢生则在贬谪海南的遥远路途上,又遭遇了各类艰难险阻,几乎丧失性命。汤显祖在这几处颇多着墨。

第二十二出《备苦》描写了卢生旅途的险阻。卢生与友人相送的仆从呆打孩一路艰辛,半途中蹿出一头猛虎,将呆打孩叼去。卢生孤身一人再度上路,不多时又遇上剪径的强人。

(丑净持刀赶上)汉子那里去!(生惊介)往海南的。(丑)讨宝来,讨宝来。(生)贫子有甚么宝?

【五供养】雨衣风帽,念卢生出仕在朝。(净)在朝一发有宝了。(生)些须曾有宝,尽被虎狼饕。(丑)难道老虎连金银都吃去了?讨打!讨打!(刀背打介)(生)不要打,小生也是个有意思的人。(丑)要你有意思做甚么?(生)小生是个有功劳之人。(丑)功劳甚么用?讨宝来!(生叹介)咳,我想诸余不要,则买身钱荷包在腰。谁人知意思,何处显功劳?骂你一声黑心贼盗。

(丑)没有宝,又骂我贼。下剔上宰了。(杀生介)(生作死介)(丑)前生有今日,来岁是周年。(下)(生醒介)哎哟,这颈子歪一边去,湿淋侵怎的?(看介)是血哩,谁在我颈颔下抹了一刀?喜的不曾断喉,且把颈子端正起来。

逃脱虎口，又落在强盗手里。面对强盗的逼问，卢生却以自己的功劳相告饶，强盗只是讨要财物，不管功劳。卢生愤懑，言语冲撞强盗，结果被强盗下了杀手。幸好脖子只砍掉一半，卢生侥幸逃生，把半边脖子端正好，继续上路。没多久就遇到大海阻住去路。舟子见到卢生受伤，搭救他上船，却被船上诸人嫌弃，不许他上船。在舟子坚持下，卢生等人渡海而行。半途中，飓风又起，掀翻了海船，一船人遭遇海难，沉入大海，只有卢生抓住一块木板，逃得性命。

（内普鲁空空声介）（众）坏了。（船覆，众下介）（生得木板，漂走。哭上介）哎哟，天妃圣母娘娘，一片木板儿，中甚用呵？（风起介）好了，好了，一阵飓风来。前面是岸，尽力跳上去。（跳介）谢天谢地。（内大风吹吼介）（生抱颈介）哎，紧巴着这颈子，可吹不去呢。（风吼，哭介）吹去颈子怎好？靠着石亭子倒了去也。（倒介）

卢生九死一生，叠遇奇险，吃尽万般苦头，终于抵达海南，却抵挡不住伤病，晕厥而去。天曹将其颈伤治愈，卢生最后来到了流放之地。到达崖州鬼门关之后，却被告知不许住进官房，连民房也不准租住，为了防备四万八千大小鬼打搅，卢生只得住进了乱石垒砌而成的"碉房"，备尝人间疾苦的卢生这才安定下来，并在此生捱整三年光阴。就在三年期满，崔氏已设法使得卢生沉冤得雪将被召回朝廷的时候，鬼门关的司户官带着宇文融的命令，前来加害卢生，加害前不忘严刑拷打一番。幸而使臣及时赶到，救下了卢生性命。卢生苦尽甘来，仍旧拜相回朝。

第三节 享富贵

过了二十年太平宰相的日子，卢生封妻荫子，恩宠有加，《杂庆》《极欲》两出戏全在铺陈卢生列鼎而食、选声而听的穷奢极欲的生活。在《杂庆》中，工部大使奉旨为卢生建造大功臣坊，"敕书阁，宝翰楼，醉锦堂，翠华台，湖山海子，约二十八所。"完工之后，"卢府赏银三千锭，花酒不计其数，好气概也！"盖完亭台楼阁，厩马大使又奉旨赐马功臣，夜白飞黄名马，"方圆肥瘦都停当"，又蒙卢府赏赐一秤马蹄金。户部大使也"奉旨赍送钦赐田园数目：田三万顷，园林二十一所"。还有乐官为"要功臣行乐"，钦拨仙音院二十四名女乐。真是享用不尽的人间富贵。在第二十七出《极欲》中，崔氏也欣慰地感叹"满床簪笏，尽是绮罗生长"，上上下下都封了一官半职。卢生更是进封赵国公，食邑五千户，官加上柱国太师，位极人臣。五子中除最年幼的之外，俱有功名。卢生万分得意，胸中满足之情呼之欲出。

> （众拥生上）向晓入金门，侍宴龙楼下。身惹御炉烟，归来明月夜。我卢生出将入相，五十余年。今进封赵国公，食邑五千户，四子尽升华要。礼绝百寮之上，盛在一门之中……

【中吕粉蝶儿】锦绣全唐，真乃是锦绣全唐。闹堂餐偏醉上我头厅宰相，有那些伴饮班行。压沙堤，归软马，是我到有些美怀佳量。

在全家上下欢庆鼓舞中，卢生被二十四名教坊女乐的吹弹歌舞所吸引，趁着酒意，当着崔氏之面，兴味盎然，不禁一通赞叹：

（生）哎哟，我只道是家常雅乐，原来教坊之女，咱人不可近他。（旦）怎生不可近他？（生）寻常女子有色无声，名为哑色。其次有声而未必有色，能舞而未必能歌。只有教坊之女，搅筝琶，舞霓裳，乔合生，大迓鼓，醉罗歌，调笑令，但是标情夺趣，他所事皆知。所以君子可视也，不可陷也；可弃也，不可往也。且其幼色取自鲜妍，假母教其精细。容止则光风霁月，应对则流水行云。加之粉则太白，加之朱则太赤。高一分则太长，低一分则太短。诗家说道：月出皎兮，美人嫽兮。巧笑倩兮，美目盼兮。那一盼你道是甚么盼？把你的心都盼去了。那一笑你道是甚么笑？把人那魂都笑倒了……相似这等女乐，咱人再也不可近他。

卢生春情荡漾，不无失态，却以礼法道学声称不可近女色，被崔氏抢白要还给皇帝时，卢生却说"却之不恭"，堂而皇之地留下了。

卢生梦前对吕洞宾所宣称的：

大丈夫当建功树名，出将入相，列鼎而食，选声而听，使宗族茂盛而家用肥饶，然后可以言得意也。

无不一一应验。吕洞宾安排的这场幻梦按照卢生的人生剧本一一搬演，完全满足了他所向往的所有俗世欲望。卢生如此执迷其中，即便临终之时也念念不忘幼子的功名前程。这一场幻梦，卢生无 遗漏地饱尝了他念兹在兹的欲念，从他的立场来说，此生可谓无憾！待他魂归黄泉而一梦惊醒时，眼前哪里还有高堂华屋，尊妻贵子，只有店小二相告黄粱未熟。

卢生细想梦中之事，神情恍惚：

（生起介）有这等事？

【二郎神】难酬想，眼根前不尽的繁华相。当初是打从这枕儿里去。（提枕介）枕儿内有路，分明留去向。向其间打滚，影儿历历端详。难道这一星星都是谎？怎教人不护着这枕儿心快？（叹介）忽突帐，六十年光景，熟不的半箸黄粱？

吕洞宾现身向卢生一一说明梦中人物无非是小店中鸡狗驴马所变幻，六十年梦中情景都不过是一场虚幻，妄想游魂，参成世界。卢生叹息道："卢生如今惺悟了。人生眷属，亦犹是耳，岂有真实相乎？其间宠辱之数，得丧之理，生死之情，尽知之矣。"现实人生也不过是这样的一场幻景而已。卢生拜了吕洞宾为师父，出家而去。

没有吕洞宾安排的这场六十年长梦，就不会有卢生的恍如隔世；没有尽尝人生的大悲大喜、大起大落，就不会有卢生的透彻醒悟。全剧最后一出《合仙》分别由八仙逐一点破人生诸般梦幻，彻底度脱了卢生。

从以上剧情解析，我们不难看清，《邯郸记》中的戏剧场面基本是饱满完整的，并且冲突、转折剧烈，戏剧性十分强烈。王骥德《曲律》卷四说："临川汤奉常之曲，当置'法'字无论，尽是案头异书。所作五传，《紫箫》《紫钗》，第修藻艳，语多琐屑，不成篇章；《还魂》妙处种种，奇丽动人，然无奈腐木败草，时时缠绕笔端；至《南柯》《邯郸》二记，则渐削芜颣，俯就矩度。布格既新，遣辞复俊。其掇拾本色，参错丽语，境往神来，巧凑妙合，又视元人别一蹊径。技出天纵,匪由人造。"王氏认为《紫箫记》《紫钗记》辞藻秾艳而结构散漫,缺乏整体美;《牡丹亭》有很多奇丽动人之处,可惜仍时有瑕疵;《邯郸记》《南柯记》则结构紧凑,语言纯净,本色与辞采的关系处理得很好,因此是艺术成就最高的。我们暂不论汤显祖五部作品孰优孰劣,单从由案头剧向更适宜于演出的角度来看,《南柯》《邯郸》二记确实更符合演出条件。这也从一个方面说明,汤显祖在戏文创作过程中,考虑到舞台演出实际,在创作技巧与立意上越来越趋近戏剧艺术的本质,也就是说,汤显祖到最后两部剧作的创作,已经掌握了戏文演出呈现要追求"戏剧性"这一艺术的内质。无论是自觉抑或不自觉,天才作家的构思隐隐契合于艺术的根本规律之中。

《邯郸记》在场面的展开上既考虑到"梦"的"亦真亦幻"的情境特点,也考虑到人物的个性刻画以及细腻的心理活动描写,颇多讽刺笔法,令场面更加活泼,戏剧效果也更为鲜明。

冯梦龙说:"贵女安得独处,花诰岂可偷填,招贤榜非一人可袖,千片叶非一人可刺,记中种种俱碍理,然不如此,不肖梦境。"许中翰在《邯郸梦记总评》中亦曰:"《邯郸》离合悲欢,倏而如此,倏而如彼,绝无头绪,此都描画梦境也。"譬如《入梦》一出中卢生入梦撞入崔氏深院,被问及私休还是官休,私休便与崔氏"成其夫妻"。"既在矮檐下,怎敢不低头",婚姻如同儿戏。《赠试》中当崔氏要卢生去求功名时,卢生竟道:"小生书史虽然得读,儒冠误了多年。今日天缘,现成受用,功名二字,再也休提。"梦语颠倒,令人苦笑。《东巡》中唐明皇命裴光庭作《铁牛颂》,不为天子颂盛德,只为卢生彰河功,亦为梦中之事。正因如此,才更加衬托出卢生功名利欲的暴涨。再如《勒功》中,卢生命众将在天山勒石记功,却还怕莓苔风雨,石裂山崩,泯没了他的功劳。又如《生寤》中卢生临死不忘嘱托高力士,怕萧、裴二公修国史漏载了他的六十年勤劳功绩。这些场面中的细节无不深刻地揭露了"功名狂"的内心世界,令人感到可悲、可笑。剧作家借助于梦境的自由,以敏锐的观察、生动的刻画,显露出卢生可笑的欲念。

在心理活动细节的描写上,也可见匠心。譬如在卢生勒石纪功之后,接着因开边有功,封为定西侯,加太子太保兵部尚书同平章军国大事。卢生自然是喜出望外,然后假正经地说道:"闻此圣恩,便当不俟驾而回,但塞外之事,须处置停当。"话音刚落,就急忙更衣,俨然是宰相的气派了,唱道:"我敢违宣召,好些时梦魂飞过了午门桥。"出将入相原是卢生本相,也矫饰不了。《飞语》一出中宇文融以卢生勾连吐蕃启奏皇帝,胁迫萧嵩签押,萧嵩明知有冤,却怕宇文融谗害,又怕日后事发,就在签押"一忠"时于草书"一"字下暗加两点,写个"不忠"。就此两点便点出了萧嵩的城府和奸猾的心理。当卢生一病不起,去期不远时,萧嵩却向裴光庭恭贺"大拜在即了"。这微妙一语便道破了同年至交的虚情假意,揭示了人心险恶的世态。另外,在《极欲》一出中,当卢生看到钦赐的二十四名女乐,惊叹道:"我只道是家常雅乐,原来教坊之女,咱人不可近他。"接着滔滔不绝地说了一大套假道学说教,最后说:"皓齿蛾眉,乃伐性之斧;莺声燕语,乃叫命之枭;细唾黏津,乃腐肠之药;翻床跳席,乃瘘痿之机。"既然如此,崔氏说"送还朝廷便了"。但卢生却以"不敢虚君之赐",心安理得地受下了,而且当晚就派定二十四房,挂绛纱灯为号,尽怀享用了。汤显祖通过种种细致的心理描写,对假道学进行了辛辣的鞭挞,而观看时的戏剧性也更加突出了。

《邯郸记》虽由《枕中记》脱胎而来,但梦境的构造已做了新的创造。其由《入梦》至《生寤》的基本格局未变,以"寤"否定"梦"的立意亦没变。然梦境的构造增强了戏剧性,人物和事件的冲突色彩加强,结构严密,情节奇谲。这梦在人世熟不得半箸黄粱,在梦境则已六十载光阴,卢生度过了一生,印证了痴求的"建功树名,出将入相,列鼎而食,选声而听,使宗族茂盛而家用肥饶"的"得意",然而写其极悲、极欢、极离、极合的诸种情状，皆为梦中境遇。卢生的一生可谓是追求功名利禄的腐朽透顶的一生。这一形象正象征着晚明王朝的没落衰败，俱已"残梦到黄粱"了。"梦死可醒，真死何及？"汤显祖向世人也向自己的内心发出了这一疑问，可见出他眼中世界的暗淡无光。

结　语

　　"临川四梦"在中国戏曲史上具有举足轻重的地位。作为汤显祖诗文曲艺创作整体的一个部分,"临川四梦"在一定程度上反映了其思想倾向与艺术旨趣。汤显祖文艺思想的核心是言情,其作品中的"情",包含着人的一切自然的情感和欲望。人情之所至,可以超乎生死,超乎时间与空间,具有不朽的意义。我们从戏剧本体的层面上观照"临川四梦",从戏曲艺术的形式结构角度进入人物的心灵世界,从形式特征上把握汤显祖戏剧艺术的精妙所在,这是一条崭新的路径。

　　"情境"学说的理论视野,是从戏剧本体意义上重新阐释、解读"临川四梦",在"汤学"研究领域开启了一个新的维度。"情境"学说是我国戏剧理论泰斗谭霈生先生总结前人戏剧情境理论,并结合现当代世界戏剧的演进所建构的系统理论学说。谭霈生所提出的戏剧情境的逻辑模式、情境的表现形态、情境与戏剧构成要素之间的关系以及戏剧情境形态的嬗变等观念,极大地拓展、丰富了"情境"学说的内涵,构建了一套理论体系,通过对"情境"说的阐释,重新确认了戏剧的本质与本体。

　　将"情境"理论运用于戏曲艺术,首要的问题就是论证"戏剧"与"戏曲"二者的同质性。戏剧艺术的根本性质在于动作,而在戏曲艺术中的各类表演样态，其本质也是演员的舞台表演动作。所不同者，在于戏剧与戏曲场面中时间与空间的艺术处理存在一定差异。大多数情况下，戏剧动作发生的空间是固定的，时间也基本与自然物理时间相同。戏曲艺术对于场面的处理则要灵活得多，时空之间的跨度较为自由、写意，由于其表演动作的"程式化"特征，戏曲虚构世界的时空有时呈虚拟的样态，并不遵从自然物理时空的拘束，由戏曲演员通过一定的舞台表演动作在台上完成转换。即便如此，也没有消减戏曲作品中场面，尤其是重点场面的存在。通过例证，我们看到，场面才是情境运动的实体，起着承接、转折、延续的作用，推动情境发生发展。而重点场面作为剧作的主体和关键，是剧作者和表导演者深入开掘人物内心与塑造人物个性的主要艺术内容。无论是在戏剧艺术中，还是在戏曲艺术中，情形是相同的。

因而，基于动作性与场面结构的共同特质，情境理论在戏曲作品中，仍旧有其适用性，对于我们理解剧中人物所处的特定情境而生发的戏剧动作，具有逻辑分析的依据。戏曲作品的结构虽然较之戏剧作品来说相对松散，但根本还是为了表现人物丰富的内心生活，尤其是在汤显祖的"临川四梦"中，对于剧中人物的生命激情有着独到的表现手段，四梦的文本分析着重强调了这一点。结合场面所呈现的人物动作，对于杜丽娘、霍小玉、淳于棼和卢生等人物形象及内在生命情感做了较为具体的分析、阐释，重新梳理了"临川四梦"的情境结构，重新阐释了"临川四梦"的人物形象，并通过具体场面分析，进入人物内心世界，实现了"情境"理论的有效运用，为"临川四梦"的研究，甚至中国戏曲作品的研究，打开了新的可能。

参考文献

1. 谭霈生:《谭霈生文集》(全六卷),中国戏剧出版社 2005 年版。

2. 丁涛:《戏剧三人行》,厦门大学出版社 2009 年版。

3. 汤显祖:《汤显祖全集》,徐朔方笺校,北京古籍出版社 1999 年版。

4. 周育德、邹元江主编:《汤显祖新论》,中国戏剧出版社 2004 年版。

5. 王国维:《宋元戏曲史》,岳麓书社 1998 年版。

6. 吴梅:《中国戏曲概论》,岳麓书社 1998 年版。

7. 吴梅:《顾曲尘谈》,岳麓书社 1998 年版。

8. 周育德:《汤显祖论稿》,文化艺术出版社 1991 年版。

9. 黄芝冈:《汤显祖编年评传》,中国戏剧出版社 1992 年版。

10. 郭英德:《明清传奇史》,凤凰出版社(原江苏古籍出版社)1999 年版。

11. 孙歌、陈燕谷、李逸津:《国外中国古典戏曲研究》,江苏教育出版社 2000 年版。

12. 江西省文学艺术研究所:《汤显祖研究论文集》,中国戏剧出版社 1984 年版。

13. 吕天成:《曲品》,《中国古典戏曲论著集成》,中国戏剧出版社 1959 年版。

14. 王骥德：《曲律》，《中国古典戏曲论著集成》，中国戏剧出版社1959年版。

15. 徐朔方：《论汤显祖及其他》，上海古籍出版社1983年版。

16. 毛效同编：《汤显祖研究资料汇编（上、下）》，上海古籍出版社1986年版。

17. 龚重谟、罗传奇、周悦文：《汤显祖传》，江西人民出版社1986年版。

18. 陆萼庭：《昆剧演出史稿》，上海教育出版社2006年版。

19. 邹自振：《汤显祖与玉茗四梦》，江西高校出版社2007年版。

20. 亚里士多德：《诗学》，罗念生译，上海人民出版社2005年版。

21. 黑格尔：《美学》，朱光潜译，商务印书馆1982年版。

22. 别林斯基：《别林斯基文学论文选》，满涛、辛未艾译，上海译文出版社2000年版。

23. 恩斯特·卡西尔：《人论》，甘阳译，上海译文出版社1985年版。

24. 马丁·艾思林：《戏剧剖析》，罗婉华译，中国戏剧出版社1981年版。

25. 叶长海：《汤显祖的戏曲理论》，《戏剧艺术》1983年第1期。

26. 龚重谟：《汤显祖戏曲创作主张》，《江西社会科学》1992年第1期。

27. 周锡山：《论汤显祖的文学理论及其文气说》，《华东理工大学学报》1997年第1期。

28. 肖鹰：《以梦达情：汤显祖戏剧美学论》，《文艺研究》2013年第8期。

29. 祝肇年：《释"裛晴丝……"——读〈牡丹亭·惊梦〉札记》，《祝肇年戏曲论文选》，文化艺术出版社1998年版。

后　记

当开始在电脑上撰写这篇后记的时候,意味着我历时二十二载的求学生涯正式进入尾声。其中百味皆具,而今回忆却是满口芬芳。博士研究生生涯的结束,不是求学旅程的终结,而是另一段更深远的求学旅程的开始,我仿佛一个刚刚看到冰山一角的顽童,欣喜却不知所措。

中戏十年,获益实多。首先,我要感谢我的两位博士生导师——谭霈生先生和丁涛先生。两位先生对我循循善诱、孜孜不倦的引导,对我的心灵产生了巨大的影响。他们渊博的学识、极高的艺术鉴赏力,以及对于艺术、学术、人生、理想的不断求索,滋养了我的心田,提升了我的眼光,仿佛为我打开了一个崭新的五光十色的世界。此等恩情,犹如再造。其次,我也要感谢我的硕士生导师——陈敏老师。在我中戏求学的十年路程当中,陈老师不间断地对我进行无私的帮助、指导,在我每一次灰心丧气的时候,都给予我精神上的鼓励和学术上的指引。此外,还要感谢诸多的师长、学友,是他们启迪、激励着我在戏剧这一殿堂中充分饱览了五彩斑斓的艺术世界。这些年的戏剧艺术浸润不但养成了我的专业,更铺就了未来人生的道路,我也将带着这些永远的印记,开启新的生活篇章。